ANTONIO SCARDINO

Il linguaggio segreto degli organi

In ogni malattia c'è un messaggio profondo. Ci sono tante parole che non abbiamo il coraggio di dire

RIZA

Il linguaggio segreto degli organi

di Antonio Scardino
Immagine di copertina: Fotolia, 123rf
Grafica di copertina: Elisa De Gradi

via Luigi Anelli, 1 - 20122 Milano
www.riza.it

Indice

Prefazione

Questo libro narra di alcuni casi raccolti durante tre anni di ambulatorio come medico di base, nel Montefeltro. Sono per me i casi più emblematici e significativi, scelti per un tentativo descrittivo che illustri il disvelamento dei miei limiti di uomo, di medico e di immunologo; casi che più di altri ritenevo rimarchevoli, in quanto evidenze difficilmente mistificabili dell'interconnessione fra mente e corpo. Infatti, diventa sempre più chiaro come le cellule del sistema immune subiscano l'influenza dei segnali neuronali centrali e periferici, e ormonali generati dalla vita quotidiana di relazione.

I recettori delle membrane delle cellule linfocitarie agiscono similmente a sinapsi neuronali reagendo con segnali intracellulari di attivazione o inibizione, normali o patologici. Il compito ultimo delle cellule del sistema immune è quello di riconoscere il Sé dal non-Sé, parimenti al sistema nervoso centrale. La cellula immunitaria totipotente ha competenze potenzialmente infinite, cosmiche, ma è nel timo, organo archetipico, che viene educata al riconoscimento degli agenti patogeni e impara a discernere il Sé dal non Sé. Un esiguo numero di linfociti entrerà poi in circolo a costituire la difesa immune dell'organismo. La stragrande maggioranza dei linfociti generati nel midollo osseo invece muoiono, selezionati negativamente nel timo, solo perché inabili al riconoscimento recettoriale del corpo che li ospita.

In fondo, un neurone subisce atrofia allo stesso modo, se giudicato non utilizzabile dall'organismo. Per estensione, un bambino che viene al mondo ha in sé un nocciolo potenziale enorme e un linguaggio cosmico, ma è nell'ambiente in cui nasce che impara a selezionare alcuni atteggiamenti o altri, pur mantenendo la propria natura e carattere di fondo: viene modellato dallo spazio che lo circonda e dal tempo. Un giorno non troppo lontano il sistema immunitario potrebbe chiamarsi semplicemente sistema nervoso circolante. Quel giorno, il corpo verrà considerato un tutt'uno con la mente.

L'ipotesi che sta alla base di questo libro - e alla base della medicina psicosomatica - è il riconoscimento dell'unità funzionale di soma e psiche. La filosofia di questo approccio è pertanto tesa a fornire informazioni utili al riconoscimento dei segni e sintomi che ci permettano di colloquiare con il nostro corpo, atta ad apprendere come esso si esprima, i suoi codici non verbali e individuare così i canali di comunicazione più idonei ad entrare in sintonia con la nostra natura. Il sintomo è un linguaggio, dunque.

Attraverso di esso il corpo esprime l'indicibile. Quindi, delegare la guarigione e il benessere ai farmaci non basta: se si vuole stare bene bisogna capire.

Cercare il perché di un sintomo significa vedere il motivo interiore che genera il malessere.

Oggi è più facile aprirsi alle emozioni e riconoscerle come parte fondamentale delle nostre esistenze: ciò significa rivolgersi agli specialisti dell'anima più serenamente di quanto accadesse un tempo. Per un medico di base, come me, la risoluzione di molti casi che si presentano quotidianamente necessita l'allargamento delle proprie vedute di clinico a un piano più profondo. Infatti, per una piena comprensione dei disturbi del malato psicosomatico e del malato in genere, al di là dei vari orientamenti scientifici, è oramai ampiamente dimostrato che bisogna considerare il ruolo significativo delle emozioni, delle carenze affettive, dei conflitti neurotici. Per l'applicazione pratica della medicina moderna ci si deve rivolgere allo psicologo e allo psichiatra con la stessa disinvoltura con la quale si prescrive un farmaco o una visita specialistica ortopedica.

Un medico attento non può ignorare che dietro a molte malattie ci sono desideri frustrati, disagi inascoltati o negati, problemi personali o relazioni difficili, un lutto non sopito, una rabbia congelata: una contraddizione insomma fra gli atteggiamenti comportamentali quotidiani e i desideri profondi dell'individuo.

Per quello che vedo io, molti pazienti psicosomatici non lasciano filtrare alcuna manifestazione affettiva netta, sono all'apparenza ben adattati socialmente e ben considerati nel loro ambiente lavorativo: questa freddezza apparente frena la loro propensione a lasciar emergere i desideri e le rappresentazioni fantasmatiche; queste persone generalmente fanno fatica ad esprimere le proprie dipendenze e le aggressività avvertendo come una minaccia l'intromissione delle pulsioni istintive e affettive nella loro vita di relazione.

L'individuo psicosomatico è generalmente caratterizzato da una devitalizzazione del linguaggio, si presenta apparentemente depauperato di qualsiasi carica emotiva ed è dominato da un'aridità nelle proprie capacità di relazionarsi.

In questi casi, il medico di famiglia moderno, scrupoloso e desideroso di aiutare la propria comunità in modo efficace, ha il dovere di rendersi conto che lo psicologo o lo psichiatra è la chiave di volta della risoluzione di molti casi ambulatoriali apparentemente banali. Infatti, segni e sintomi evidenti di malessere psicologico sono troppo sovente lasciati cronicizzare da medici e pazienti; ciò accade per la scarsa disinvoltura culturale che mostriamo ancora prima di rivolgerci a specialisti in materia, che aiutino a formulare quei quesiti veri e significativi che nutrono la radice di una malattia attiva.

Da qui, il mio piccolo tentativo di descrivere alcuni casi, i più significativi, che mi hanno aiutato ad ampliare i punti di vista personali e gli orizzonti professionali, che mi hanno aiutato a mutare la mia pratica ambulatoriale quotidiana di medico di famiglia e la qualità delle mie opinioni di immunologo e di uomo. Le esperienze che propongo hanno innanzitutto arricchito la mia persona.

Avvalermi dell'aiuto degli specialisti dell'anima e della mente, psicologi e psichiatri, è stato per me un grande piacere e un dovere; non ringrazierò mai abbastanza questi specialisti per aver risolto casi solo apparentemente inestricabili e per aver rafforzato il mio punto di vista sul significato delle malattie e sul motivo delle loro origini.

In tutta umiltà, credo fermamente che il fine di ogni medico, o di chiunque abbia il privilegio di trattare il disagio umano, sia di comprendere i motivi profondi del malessere. Nessuna terapia sarà altrettanto efficace quanto la presa di coscienza del valore simbolico di un dato sintomo o segno comparso in un dato momento della propria esistenza. Perché è nell'evento patologico, dietro la piccola disgrazia fisica, dentro la malattia che, forse, sopravvive un barlume di contatto, di dialogo con l'interiorità, di riconoscimento di quell'essenza mitica e profonda della nostra natura che ci guida: la nostra anima. Un giorno non troppo lontano il corpo e la mente verranno finalmente considerati come un'unica entità e non più una sequela di organi ed apparati disgiunti fra loro, appannaggio di specialisti di diverse materie.

Quel giorno, alle conoscenze scientifiche eccelse e alla valutazione oggettiva dei meccanismi patologici generali, affiancheremo finalmente il rispetto per l'eccezionale peculiarità delle nostre personalità umane e per le nostre vicende uniche e individuali, che fanno di noi quello che siamo.

La vita, in fondo, non è soltanto un evento naturale misurabile, ma un viaggio misterioso durante il quale le cose invisibili che portiamo dentro ci ricordano chi siamo davvero, ci ammoniscono e ci guidano. In attesa di quel giorno, auguro di cuore una buona lettura.

Antonio Scardino

Traccia il cerchio, pronuncia le tue formule,
e dagli pure un bicchiere pieno!
È tutta scena, via, per farsi due risate;
non esser sempre così severo!...

... Un po' di abracadabra, affinché il succo giovi,
devi pur farlo, come in medicina.

Goethe - Faust

Le foto di Delfio

Hanno arrestato il medico condotto e il farmacista di un paese qui vicino, nel Montefeltro. Lo vengo a sapere dalla ASL, che mi ha chiamato per informarmi del fatto e incaricarmi di occuparmi di parte dei pazienti: fino al giorno in cui non si bandirà un nuovo concorso e si scruteranno le graduatorie regionali i pazienti del paese e delle sue frazioni dovranno essere curati dai medici delle zone contigue, fra le quali c'è la mia. Li hanno arrestati perché sono stati ingenui: il medico firmava blocchetti interi di ricette lasciate in bianco che il farmacista compilava tranquillamente in negozio, davanti ai pazienti, per evitare loro la fila nelle sale d'aspetto; forse perché il farmacista conta più del medico condotto e la gente si fida, o forse perché c'era qualche convenienza di poco conto e un senso di impunità e potenza che va oltre i limiti, lì, in mezzo ai monti, nel confine lontano, fra Marche, Romagna e Toscana, dove le autorità sono il sindaco, il prete e il farmacista. Le regole tendono a svanire sotto un metro e mezzo di neve, le leggi diventano quelle degli uomini e del bosco, lo stato forse sembra lontano e cieco. Sembra, perché li hanno pescati e se ne parlerà per generazioni, da quelle parti.

Il primo giorno, un tizio viene da me a farsi fare un po' di ricette per farmaci che ha già comperato in farmacia e dato ai vecchi malati cronici del paese e dei paeselli vicini. Dice che ci sono tre vecchietti ultra ottantenni, nel paesino di Monastero, che nessuno va più a visitare da troppo tempo. Gli porta lui le medicine a casa, una volta ogni due mesi. In particolare, mi parla di un certo Delfio, che lo preoccupa: non si muove più dal letto, da mesi. Il sabato mattina prendo l'auto e vado. Monastero è a una trentina di chilometri da dove abito io, inoltrandosi ancor più nell'appennino del Montefeltro. Penso che non ho chiesto l'indirizzo e il numero civico e nemmeno il cognome di Delfio, ma poi sorrido per la mia stoltezza, che a Monastero il signor Delfio ci metterò niente a trovarlo; basterà bussare a una porta qualsiasi e chiedere.

Quando arrivo, trovo un paesello di quattro case di pietra, arroccato sotto i resti di un monastero benedettino dell'anno 600, almeno così dice il cartello giallo arrugginito che si incontra al bivio della provinciale. Parcheggio appena fuori del borgo, che la strada poi diventa troppo stretta; prendo la mia borsa e mi incammino. Suono al campanello di una porta. Apre una signora che si trascina dietro a un bastone, mi indica la casa giusta, pochi metri più avanti. Salgo gli scalini e busso alla porta, che non ci sono suonerie o pulsanti. Mi apre una signora molto anziana. Sembra assai stupita del mio arrivo, ci mette un po' a capire che sono il medico. Parla un dialetto strettissimo, incomprensibile per me. Mi fa strada entrando in una stanza alla sinistra dell'uscio.

Le case vecchie da queste parti sono tutte così: dal portoncino d'ingresso sale una rampa di scale per andare alle stanze da letto e al bagno, mentre di sotto, prima delle scale si apre una porta a sinistra per la cucina e la stanza da letto e una a destra per un saloncino.

Nella cucina c'è odore di brace e cucinato, sulla stufa a legna già borbotta una pentola. Un vecchio tavolo di legno con su una bottiglia di vino. Alle pareti scarne e scurite dal tempo, vedo appese due effigi della Madonna e un calendario di Padre Pio. I soffitti sono bassi e le finestre piccole. Dalla cucina entriamo nella stanza da letto, dove c'è un'altra vecchina, che cerca di svegliare il marito. L'uomo è una sagoma enorme sotto le coperte di lana ricamata. Quando la donna lo chiama lui si inalbera, reagisce, la prende a male parole, poi realizza che ci sono io e rimane muto e interdetto. "Delfio! El duttur!", dice la vecchina magra da sotto lo scialle blu di pizzo. Ma Delfio grugnisce qualcosa e si rimette giù. La stanza è ordinata, antichissima. Un letto a baldacchino di legno, un armadio, un comò d'altri tempi con su le foto in bianco e nero di due giovani e una foto dai colori artefatti di un uomo e una donna dai volti di un tempo remoto.

C'è un odore di notte e di stantio, indefinibile, di pelle anziana lasciata a riposare. Mi avvicino a Delfio, ha gli occhi chiusi. Poggio una mano sulla sua guancia calda e lui apre gli occhi e mi guarda in modo animalesco, denso, quasi perdutamente, oltre me. Alzo pian piano le coperte e guardo le sue gambe: sono sode e sane, forse un poco arrossate. I piedi sembrano quelli di un bimbo enorme, di un orso. Sorrido, poggio una mano sulla sua spalla e vado a prendere il fonendoscopio.

Voglio sentire i polmoni, se c'è edema. La vecchina parla in continuazione, sottovoce, capisco qualcosa, mi pare si stia scusando per il disordine, che non mi aspettavano. L'altra vecchina la sento armeggiare in cucina. Per rompere il ghiaccio dico di riconoscere i due giovani della foto, uno è Delfio. La signora sorride e abbassa gli occhi, si schermisce. Quando indico la foto colorata mi risponde qualcosa, sono i loro genitori, credo di capire. Infilo dolcemente una mano sotto la canotta di Delfio, che resta immobile, e mi preparo a un odore forte, che non arriva.

Delfio profuma di uomo anziano, di carne stanca, di panni puliti e pane fatto al forno. I polmoni hanno un suono chiaro. Meglio così. Lo ricopro, gli do una lieve pacca sulla spalla e guadagno la cucina. Voglio controllare la terapia. Lì trovo la tavola imbandita da liquori e fette di crostata. Sul tavolo una scatola di scarpe piena di confezioni di medicinali e la tessera sanitaria di Delfio. Non c'è televisione, né radio. Una vecchia poltrona piena di coperte e cuscini lisi sonnecchia vuota davanti alla stufa ardente. Mi siedo e accetto un pezzetto di crostata e le due donne fanno lo sguardo fiero. Leggo la tessera sanitaria e scopro che l'uomo in realtà si chiama Filadelfio, è del 1929. Lo dico ad alta voce, in tono stupito "Filadelfio...", ma la spiegazione della anziana signora non la capisco tutta e il suono delle sue parole dialettali si perde nella mia immaginazione. Quel nome ha a che fare con la guerra, dice, ma quale guerra? E in quale paese? Controllo i farmaci, la metà sono scaduti. Il dialogo con le due vecchine è intenso, chiaro, emozionante, ma non per le parole, che continuo a non capire. Per i sorrisi e il calore. Le due signore sorridono e mi guardano, mentre finisco la crostata con calma. All'improvviso una suoneria di telefono cellulare, fortissima, irrompe ritmicamente con una melodia moderna, sguaiata, artificiale. Le due donne la ignorano.

Mastico crostata in quell'ambiente surreale. Dopo qualche squillo tutto tace di nuovo. Mi alzo. Dico di essere felice di aver fatto la loro conoscenza e stringo entrambe in un abbraccio lieve, accennato: prima una, poi l'altra.

Quando entro in auto sento ancora su di me l'odore antico e indefinito di quella casa.

Un malessere interiore

Da un punto di vista psicosomatico la depressione rappresenta un segnale di stop che indica la necessità di ritrovare la propria autenticità. Questo disagio interrompe il continuum dello stile di vita precedente: niente potrà più essere esattamente come prima perché quello che costituiva il consueto equilibrio quotidiano ora non c'è più, è stato messo in crisi da un'intensa sofferenza psichica. La depressione si presenta come l'opportunità per fermarsi, prendere congedo dalla routine e mettersi di fronte a se stessi, è l'occasione per cambiare mentalità e trovare il modo di far emergere la propria individualità all'interno della vita di tutti i giorni. Il disagio che ci isola e ci impone un tempo di solitudine, va quindi visto come un processo curativo e germinativo che in realtà svolge una funzione preziosa: ci permette di fermarci, ci sottrae alla monotonia delle abitudini e ci porta in uno spazio di silenzio in cui è possibile ritrovare se stessi e le proprie radici vitali allontanandosi dalla mentalità che ha procurato il disagio.

L'evento depressivo nel suo insieme ha un aspetto creativo che esprime il tema della morte-rinascita presente in natura. Infatti, in natura tutto nasce nel buio, nel silenzio e nel segreto, dopo un periodo di gestazione: il bimbo nasce nel grembo materno, il seme nella profondità della terra e la primavera dopo l'inverno. La depressione è una crisi durante la quale il "vecchio" si trasforma per fare spazio al "nuovo" che deve ancora configurarsi, ma che in realtà, in modo embrionale, è già presente nelle premesse che hanno prodotto la crisi e i cedimenti che la accompagnano.

Questo malessere interiore provoca dolore e sofferenza, ma al contempo costituisce una grande opportunità per voltare pagina e ritrovare la propria autentica dimensione. In sostanza, la depressione è un processo vitale.

Marina non vuole vedere nessuno

Marina R. non l'avevo mai vista prima. Un giorno piomba in ambulatorio e dice che è iscritta con me, che sono io il suo medico di famiglia e lo conferma anche il tesserino sanitario, che mostra prontamente. Una donna di poco oltre la mezza età, vestita di nero, tiene un'acconciatura di un biondo vistoso, ma è spettinata, trascurata, e il colore è passato da un pezzo, vista l'entità della ricrescita. Chiedo come possa essere utile.

Risponde che avrebbe bisogno di qualcosa per tirarsi su, si sente fiacca da molti giorni. Dopo un'anamnesi accurata, entro in contatto con la storia passata e recente della signora. Leggo con attenzione le sue diagnosi specialistiche, in quanto è la prima volta che la incontro.

Mi colpisce la sua lunga storia di paziente psichiatrica. Lei intanto mi osserva in silenzio, ha l'aria scettica, altera. Capisco dalle carte che Marina soffre di una sindrome ansioso-depressiva ed è già in cura con uno specialista, da anni.

Assume regolarmente venlafaxina cloridrato da 75 mg. Le chiedo come va. Mi dice che è una donna forte, che ha saputo tenere la barra dritta, dopo il divorzio con il marito. Ha l'aria di essere una donna sensibile, colta, intelligente. Le chiedo se per caso abbia voglia di parlare con una psicologa, fare due chiacchiere, liberarsi delle zavorre ed è allora che lei diventa una belva: mi risponde a brutto muso che non vuole più vedere quella gente lì, che medici, psichiatri e psicologi le danno la nausea.

Aggiunge che lei sa benissimo curarsi da sola e sa cosa fare, ma vuole solo un ricostituente perché si sente giù. Il tono della voce è adirato, anche se i modi restano civili ed educati; sento con chiarezza la sua rabbia. Mette a posto le carte con calma e cura. Si alza di colpo, mi chiede di prescriverle il farmaco in fretta, due confezioni, che ha capito da sola di dover passare a due compresse al giorno, invece che una, e se non dorme la notte prenderà le benzodiazepine in gocce. Le chiedo di aspettare un momento, di calmarsi, le dico che non volevo farla innervosire, che il mio è solo un modo di capire come aiutarla. Ma lei prende la ricetta timbrata e gira sui tacchi con fare altezzoso.

Esce dalla porta, sta per richiuderla quando ci ripensa, fa capolino e dice "lasciatemi in pace!" prima di richiudere la porta e sparire via, lasciandomi in uno stato d'animo di frustrazione. Da allora non l'ho più vista.

Spero stia bene. Spero davvero che sia forte come dice. Io per lei non sono stato utile e per la prima volta ho pensato che forse, per le persone come Marina, nessuno può nulla.

L'energia rimasta inespressa

La sindrome ansioso-depressiva esprime prevalentemente il tentativo di fare emergere una quota di energia vitale bloccata da tempo. La persona che ne soffre di solito non è in contatto con la propria parte autentica, non sta vivendo lati importanti di sé che restano compressi fino a prorompere in modo esplosivo. In questo fenomeno di solito convivono due poli in apparenza opposti: la vita che vuole proteggere se stessa (attraverso lo stato di allerta) e la vita che vuole prorompere (con l'intensità del sintomo).

A volte questi due aspetti si esprimono insieme, in altri casi uno prevale rispetto all'altro. Ma sono, in ultima istanza, inse-

parabili. Quando l'ansia esprime perlopiù uno stato di allerta, vuol dire che qualcosa viene sentito come pericoloso per la propria persona, sia in senso fisico che psichico.

Questo può produrre uno stato di gestibile inquietudine oppure diventare emotivamente insostenibile. Quando l'ansia esprime prevalentemente un'affermazione dell'energia vitale, vuol dire che da un po' di tempo la persona non sta vivendo parti autentiche di sé, che restano compresse fino a una soglia oltre la quale scatta l'allarme, e al contempo la tracimazione.

I comportamenti aggressivi tipici di questo disagio spesso costituiscono lo sfogo di accumuli energetici di differente natura: sessuale, fisica, creativa, spirituale. Il tratto comune della sindrome ansioso-depressiva è la difficoltà a lasciar fluire liberamente la propria forza vitale, il proprio talento e l'unicità individuale.

Dietro a queste manifestazioni si nasconde spesso la sensazione di non riuscire a fare o dire le cose a modo proprio, a essere se stessi fino in fondo. Un atteggiamento ansioso e depressivo può presentarsi quando la trasformazione individuale o la crescita personale sono ostacolate. Questa energia di sviluppo si manifesta allora in tutta la sua forza irruente. La sindrome si configura quindi come una crisi che arriva per destrutturare la situazione esistente e sospingerci oltre.

Di solito chi soffre di sindrome ansioso-depressiva è cresciuto in un ambiente familiare caratterizzato da precarietà e ambivalenza in cui la persona non ha avuto modo di esprimere se stessa e i propri bisogni più autentici. Non è infrequente che questo disagio si esprima attraverso manifestazioni corporee transitorie, quali tachicardia e tensione muscolare, che tendono poi a risolversi spontaneamente.

Il figlio di Serena e Marco

Serena e Marco non riescono ad avere figli. Escono da una brutta esperienza: una recente gravidanza interrotta spontaneamente al terzo mese. La seconda interruzione di gravidanza spontanea in tre anni, purtroppo. Un trauma dopo l'altro, per entrambi. Sono ancora giovani, ma non hanno studiato molto e il loro humus di appartenenza non prevede culturalmente l'aiuto di uno psicologo. Hanno valutato seriamente l'ipotesi di non avere figli. Lui ci ha rinunciato, Serena no. Lei in particolare mi chiede di fare analisi su analisi e si informa su tutto ciò che di medico può essere tentato: dalle terapie ormonali fino alla gravidanza in vitro; sarebbe disposta a tutto, pur di superare questo ostacolo drammatico così oneroso per le loro esistenze. Io non posso fare altro che prescrivere infinite batterie di analisi cliniche e inviare Serena e Marco da ginecologi, andrologi ed endocrinologi. Ma sul piano medico i risultati sono purtroppo assai poco indicativi: Serena ha un apparato riproduttivo sano e ciclicamente valido e Marco una produzione spermatica impeccabile e dotata di normale motilità. Serena e Marco sono sanissimi, insomma, sotto ogni profilo. Questo complica le cose, mi dico.

Nel trascorrere dei mesi, imparo qualcosa di più su di loro: in particolare, vengo a sapere che Marco esce da una storia familiare drammatica nella quale il padre, alcolizzato, picchiava la madre fino ad averla costretta un giorno a chiamare le forze dell'ordine e a chiedere il divorzio davanti al giudice. Marco non vuole sapere di matrimonio e non vuole sposare Serena, che invece proviene da una famiglia di contadini, molto religiosa, mite e tradizionalista. Qualcosa intuisco, non mi do pace, ci rifletto su, ma è chiedendo consiglio a Claudio, uno psichiatra psicoterapeuta di fiducia, molto simpatico e disponibile, che mi si accendono delle lampadine.

Claudio asserisce di aver visto risolvere dei casi analoghi - durante i suoi trascorsi di psicologia clinica, al reparto di ostetricia e ginecologia - chiedendo alle coppie di convolare a nozze e ufficializzare così una situazione familiare sul piano burocratico e sociale. In questo modo, soprattutto per la partner, si otteneva una rassicurazione formale che in diversi casi esitava in una gravidanza conclusa poi con successo. Mi consigliò quindi di tentare questa via, utilizzando semmai argomenti religiosi - visto il retroterra culturale della coppia, che difficilmente avrebbe avvicinato uno psicoterapeuta - per cercare di risolvere felicemente il triste caso di Serena e Marco. I suoi argomenti mi convinsero. Divenni assai fiducioso e ne parlai con Don Luigi, il parroco della diocesi di Serena, il quale sembrò disponibile a discuterne almeno con lei, che Marco non lo conosceva. Dopo qualche tempo Marco venne in ambulatorio, da solo. Mi disse che aveva apprezzato lo sforzo che stavamo facendo per loro e che ringraziava, ma che in chiesa non avrebbe messo mai piede, era più forte di lui, non ce la faceva. Gli chiesi allora se per lui sarebbe stato almeno possibile concepire l'idea di sposarsi in comune, di pensarci, che avrebbe potuto avere qualche importanza per il futuro della loro famiglia. Marco mi promise che ne avrebbe parlato a Serena e ci salutammo cordialmente. Non li ho più visti assieme in ambulatorio, per lungo tempo. Li vedevo di rado, separatamente, per qualche piccola influenza o un certificato. A due anni e mezzo di distanza venne da me in ambulatorio Serena, aveva un fagottino nelle braccia: era Marta, una splendida bambina di cinque mesi che stava mettendo i denti e per questo faceva delle febbricole. Le dissi di non preoccuparsi, che la bimba stava bene e che ero molto felice per loro, per quella bimba e chiesi notizie di Marco. Serena sorrise, mi disse che Marco stava bene; tempo addietro avevano acquistato un bell'appartamentino di due stanze e servizi e si erano sposati in comune, davanti al sindaco. Tre mesi dopo lei era rimasta incinta.

Un conflitto emotivo

Il tema della maternità trova simbolicamente il suo corrispettivo corporeo nell'utero, l'organo deputato alla riproduzione, atto a proteggere e sostenere, e al contempo dare nutrimento, ad un nuovo essere vivente. L'utero, che nutre senza sosta il feto attraverso il cordone ombelicale, è il luogo del corpo più vicino a "madre natura" la cui caratteristica è quella di generare continuamente la vita. L'attività dell'apparato riproduttivo femminile può risentire dei sentimenti, delle paure, delle resistenze che una donna a volte vive nei confronti dell'idea stessa di diventare madre. Il caso di Serena e Marco simboleggia il conflitto emotivo fra l'amore per il partner, il desiderio di avere un figlio da lui e l'inaccettabilità che tutto questo avvenga al di fuori del matrimonio.

Questo conflitto interiore può aver ostacolato il corso naturale delle gravidanze. Inoltre, se è vero che ogni individuo è il primo genitore di se stesso, la difficoltà ad avere figli può aver significato la fatica della donna a prestare ascolto prima di tutto ai propri bisogni più intimi e autentici. Serena sentiva l'esigenza culturale e personale di un patto sicuro con il compagno e probabilmente questo l'avrebbe aiutata a portare avanti la gestazione con una maggiore tranquillità, eliminando le paure o le conflittualità relative al suo diventare madre in una situazione che altrimenti avrebbe percepito come instabile.

L'auto nuova di Sara

Sara M. frequentava spesso l'ambulatorio. Un periodo, veniva a farsi visitare due volte a settimana. La testa, lo stomaco, il seno, le mani, i nei, le articolazioni... Ogni volta era una cosa nuova. E ogni volta, con pazienza, cercavo di visitarla con scrupolo e dedizione. Non aveva nulla e se ne andava via un poco delusa, perché non le prescrivevo farmaci. Un giorno arrivammo assieme e mi resi conto che aveva acquistato un'auto nuova, identica alla mia. La cosa mi incuriosì e mi lusingò, sul momento. Poi subentrò una specie di inquietudine, anche se apparentemente non ce n'era motivo. La salutai e la invitai ad entrare, era la prima e la sola in sala d'aspetto. Stavolta era più cupa del solito, aveva paura di avere un male incurabile. Il fatto dell'automobile mi accese una qualche lampadina e anche per questo mi risolsi di sbrogliare quella matassa ipocondriaca, o almeno di provarci.

Le dissi con franchezza e linguaggio assai diretto che assommando nel tempo tutti gli episodi che l'avevano spinta a venire a farsi visitare, sospettavo che i suoi fossero sintomi e segni di ipocondria e depressione e che avrebbe dovuto al più presto rivolgersi a uno psichiatra per una diagnosi certa e un trattamento terapeutico, se necessario. Sara sul momento rimase sconcertata, poi si confidò: accudiva il padre malato, ormai da dieci anni e per questo, oltre che per il lavoro impegnativo che svolgeva, non riusciva ad avere una vita di relazione soddisfacente con un partner che esisteva formalmente, ma che in realtà non c'era, mentre lei desiderava avere una famiglia e dei figli. Per una donna di mezza età, come lei, doveva essere una situazione assai penosa, mi dissi. Le chiesi se fosse soddisfatta dell'auto nuova, mi rispose che l'aveva comperata perché era quella che avevo io. Rimasi in silenzio per qualche istante e confesso che l'inquietudine che sentivo velatamente fino a qualche istante prima iniziò a diventare marcata.

Respirai a fondo, sorrisi e tirai fuori le foto dei miei figli e di mia moglie. Le chiesi di non lasciarsi ingannare dai volti sorridenti ritratti nelle fotografie.

Le raccontai di quanto fosse difficile e arduo per me riuscire a tenere testa a tutte le difficoltà quotidiane che una famiglia richiede sul piano affettivo e su quello pratico, ma consideravo un miracolo che, sebbene io fossi dotato di scarsi mezzi interiori, riuscissi a condurre una vita tutto sommato felice e di cui andavo silenziosamente orgoglioso. Che la mia vita era quella che avevo scelto e non avevo bisogno di altro. Sara abbassò gli occhi e fece sì con la testa.

Mi confessò che aveva paura che non sarebbe stata mai felice. Per quel poco che posso, con le mie scarse capacità relazionali cercai di rincuorarla, le dissi che era una donna bella e intelligente e che qualcuno se ne sarebbe accorto presto. Le dissi che forse la situazione con suo padre stava iniziando a pesare più del dovuto, che avrebbe fatto meglio a delegare un poco ai fratelli e ai parenti, o a una badante. Le chiesi di venire il giovedì, che avrebbe trovato Chiara, la psicologa e che assieme avrebbero potuto capire se e cosa fare, se andare dallo psichiatra oppure no.

Che una chiacchierata con una persona competente e gentile non avrebbe potuto che fare bene. Sara sembrò rasserenata e convinta dei miei consigli e in ogni caso avremmo scoperto presto se lo fosse davvero più serena oppure no. Il giovedì successivo vidi l'auto nera di Sara parcheggiata vicino l'ingresso dell'ambulatorio; la prima cosa che pensai fu che la mia, tutto sommato, era di un colore più bello. Ero sinceramente felice che avesse deciso di venire a parlare con Chiara.

Un allarme costante

L'ipocondria è un disturbo psichico caratterizzato da un eccessivo e infondato timore per la propria salute. È presente una distorsione nella percezione delle normali sensazioni corporee che vengono interpretate come segnali di grave malattia. A causa di questa paura, l'ipocondriaco tende a sottoporsi a continui esami medici che non riescono a rassicurarlo: la sua attenzione verso il corpo e i suoi segnali è ossessiva, tanto da prestare completa attenzione all'ascolto delle proprie sensazioni fisiche. In questo modo, ogni segnale corporeo, seppur minimo, si trasforma nell'indizio di una patologia imminente. Persino in assenza di sintomi, l'ipersensibilità corporea può spingere l'ipocondriaco a interpretare come patologici semplici segnali di attivazione fisiologica, come l'accelerazione del battito cardiaco o la sudorazione.

Questo disturbo spinge chi ne soffre a vivere in un perenne stato di allarme; l'allerta continua favorisce l'allontanamento dal mondo esterno e la focalizzazione di tutta l'attenzione e l'energia mentale su preoccupazioni che riguardano esclusivamente il proprio corpo. Il fatto che l'esito rassicurante dei numerosi esami clinici non riesca mai a tranquillizzare chi soffre di questa patologia, rivela che l'ipocondria non ha realmente a che vedere con lo stato di salute, ma è una modalità attraverso cui la persona sta esprimendo un profondo disagio esistenziale di cui è, per molti aspetti, inconsapevole.

L'ipersensibilità al proprio stato fisico è la modalità simbolica che il corpo mette in campo per manifestare la necessità che la persona inizi ad occuparsi di se stessa su un piano differente, prestan-

do ascolto ai propri bisogni, ai propri desideri ed inclinazioni, risolvendo i conflitti esistenti e riconnettendosi con i suoi bisogni più autentici. L'ipocondria è la risposta della parte sana e vitale di Sara all'eccessivo sbilanciamento a favore dell'attività mentale (il padre, il partner assente), a scapito della realtà corporea ed emotiva (il suo desiderio di maternità).

L'organismo viene vissuto come uno sconosciuto dal quale possono uscire sintomi o mostri, rappresentando la relazione con il proprio inconscio: l'ipocondriaco lo teme più di ogni altra cosa proprio perché sente di non poterne soddisfare le richieste (nel caso di Sara avere vicino un uomo con cui vivere pienamente un amore e costruire una famiglia).

Per questo la donna si rifiuta di incontrare il proprio inconscio, e tenta di reprimerlo in tutti i modi possibili.

Ma i contenuti repressi, i bisogni e i desideri più profondi, premono sulla coscienza per farsi ascoltare. Il desiderio di dare e ricevere amore, la sofferenza per la carenza di affetto, spinge la paziente ad occuparsi degli aspetti neutri e freddi della quotidianità, trascurando il proprio lato umano e la propria dimensione interiore. Il sintomo, o il timore del sintomo stesso, appaiono come i portavoce delle istanze più autentiche e degli aspetti maggiormente vitali che ancora sopravvivono e cercano di farsi sentire ad ogni costo. Alla base dell'ipocondria vi possono essere traumi emotivi risalenti all'età infantile o all'adolescenza, oppure una situazione di precarietà affettiva o, ancora, eventi capaci di far riaffiorare antiche fragilità irrisolte (stress, lutti, malattie di persone care…).

L'ipocondria può anche essere il segnale di un'esistenza vissuta "tutta su un piano mentale"; ciò può innescare una reazione violenta e persino autolesiva del corpo, che non accetta di essere messo da parte e vorrebbe tornare ad occupare il posto che gli spetta di diritto. Smettere di coltivare la propria dimensione interiore, eli-

minare dall'esistenza il tempo per il gioco, ridurre alla routine l'erotismo, sopprimere il tempo per lo svago in nome del dovere, della professione, della famiglia, significa restringere il campo degli interessi, della creatività e del benessere e diventare possibile preda di questo insidioso malessere. Altre persone che potrebbero risultare soggette a disturbi ipocondriaci sono quelle dotate di scarsa capacità introspettiva, che tendono a sottovalutare o a banalizzare le tematiche psicologiche, tenendosi alla larga dal proprio mondo interiore ed evitando di prestare ascolto al proprio sé.

L'esordio dell'ipocondria è quindi sempre legato ad una motivazione di ordine psicologico; affinché il disturbo si risolva è necessario che la problematica sottostante possa esplicitarsi, evitando così una cronicizzazione e la possibilità che questa possa trasformarsi in un modo stabile di rapportarsi con il proprio corpo. Per guarire dall'ipocondria è quindi necessario approfondire il rapporto con se stessi, riconnettendosi con il mondo corporeo, con le emozioni, riscoprendo se stessi e il proprio valore.

Un aiuto efficace in questi casi può essere rappresentato dalla psicoterapia e dalle discipline corporee a impronta psicosomatica; queste tecniche possono sicuramente giovare alla persona favorendo la risoluzione del conflitto tra il corporeo e il mentale che è all'origine stessa della problematica.

Il colore della felicità

Merzak A. arriva in ambulatorio perché sta male: riferisce di sentirsi sempre stanco, di faticare ad addormentarsi, di non digerire più come una volta, di non sapere cosa stia succedendo. Confessa di non andare volentieri dal medico, per questo si è deciso così tardi a venire a farsi vedere da me. Dice di sentirsi poco bene da almeno un paio di anni, ma di essere peggiorato sensibilmente negli ultimi cinque mesi. Si trova oggi nel mio ambulatorio perché ieri è svenuto, al lavoro. Fa il muratore in una ditta, assieme ad altri come lui arrivati in Italia anni fa e oramai stabilmente residenti in Italia con le mogli e i figli.

Ha un bimbo di sei anni, Hamid, e una figlia di tredici, Azma. All'esame obiettivo rilevo solo una leggera ipertensione e una tachicardia non preoccupante, forse dovuta alla novità della mia presenza e alla visita medica. Prescrivo le normali analisi del sangue di routine e chiedo di tornare a farsi visitare con i risultati. Al nostro secondo incontro, le analisi cliniche sono abbastanza chiare: Merzak ha una glicemia troppo alta, l'emoglobina glicata oltre i valori normali, e il cortisolo ematico appena oltre il limite.

Lo informo dei rischi che corre e delle abitudini alimentari che dovrebbe adottare. Prescrivo quindi una dieta a prevalenza di frutta e verdura e un ipoglicemizzante orale e chiedo di farsi rivedere dopo un mese, per valutare eventuali risultati. Nel frattempo discuto con l'assistente sociale, per capire meglio il quadro familiare e contestuale di Merzak. Maria, la collega del consultorio mi informa che la situazione familiare e sociale di Merzak non ha mai presentato particolari difficoltà, ma che l'anno addietro Selma, la moglie di Merzak, ha chiesto un colloquio perché Merzak aveva cambiato carattere e mostrava una fissazione per la figlia Azma, oramai in età puberale. In particolare, aveva preso a seguirla ovunque andasse e aveva preso a vietarle di uscire di casa dopo le quattro del pomeriggio. Anche al lavoro si erano lamentati del suo umore nero e del calo di rendimento, tanto da paventare un licenziamento.

Ma Merzak non aveva mai voluto sentire parlare di assistenti sociali e medici e la cosa era finita lì. Al suo ritorno da me per il controllo sugli esiti della dieta, Merzak non sembrava molto migliorato.

La glicemia non scendeva, il cortisolo era stabilmente appena sopra i valori massimi. Prescrissi un'impegnativa per un diabetologo. Approfittai per parlare un po' con lui e accennargli ai rischi dello stress cronico, gli parlai dell'asse ipotalamo-ipofisario e del ruolo dello stile di vita nella alterata produzione di cortisolo da parte dei surreni, con conseguente squilibrio dei parametri fisiologici e minaccia per la salute. Chiesi quale poteva essere per lui una fonte di stress. Sebbene avesse capito perfettamente le domande, Merzak parla infatti un ottimo italiano, non rispose mai direttamente. Gli accennai con molto tatto che andava valutato il fatto che in Italia ci fossero dei costumi più libertari nei confronti delle donne, rispetto all'Algeria, e che la figlia entrava in un'età particolare. Gli chiesi di considerare il fatto che la figlia sarebbe stata presto una donna e che, frequentando una scuola italiana, non avrebbe potuto pretendere di coprirla o nasconderla. Lui sembrava non reagire alle mie parole.

Gli dissi che sapevo che seguiva la figlia e che se voleva parlarne con qualcuno avrei potuto consigliare di farsi aiutare da Maria, l'assistente sociale o da uno psicologo. Merzak mi guardò negli occhi a lungo e reagì male a quella mia intrusione. Divenne scuro in volto e se ne andò quasi subito dopo, accampando una scusa, raccogliendo in fretta e furia le sue carte e i risultati delle analisi.

Salutò a bassa voce, senza guardarmi. Non ho saputo nulla per lungo tempo, poiché in ambulatorio non s'era fatto più vedere. Un giorno l'ho incontrato in strada, era con la moglie e i due figli. Mi sorrise e mi salutò caldamente agitando la mano, dall'altra parte del marciapiede. Sembravano sereni. Azma s'era fatta ancora più carina e sorrideva anch'ella, vestita sportiva ma elegante, sembrava radiosa. Meglio così, dissi fra me e me, e salutai di rimando, con la mano aperta e un gran sorriso.

Merzak sembrava esitare, guardò a destra e poi a sinistra, disse qualcosa alla moglie a mezza bocca e, attraversando la strada, venne verso di me. Stringendomi la mano, disse che avrebbe dovuto passare in ambulatorio per farmi vedere delle bolle che gli erano venute fuori sulla pelle delle gambe. Avrebbe portato con sé anche la moglie, continuò, perché era un periodo che dormiva male e soffriva spesso di emicranie; aveva provato di tutto, mi disse: antidolorifici, antiinfiammatori, calmanti, ma nulla era valso ad attenuarle quel fastidio. Io guardavo lui e, in quello spazio lieve che si apriva fra la sua spalla destra e la testa, scrutavo la sua famigliola, dall'altra parte della strada.

Gli risposi che certo, avrebbero potuto passare da me quando lo desideravano, che li aspettavo in ambulatorio con piacere. Insciallah, sibilò lui dentro a un sorriso sincero e ripartì diretto dall'altra parte della strada.

Dovevo andare a comperare l'uva e il pane e intanto riflettevo fra me e me: forse le avrei potuto fare qualcosa per l'emicrania della moglie, l'avrei visitata per bene, avrei chiesto molte cose di sé, che ancora non la conoscevo bene e, chi sa, lavorando di fantasia, avrei persino potuto proporle qualche seduta di agopuntura o di massaggi. Insciallah, mi dissi dentro sorridendo, ed entrai nel panificio.

Il bisogno di dolcezza

Il diabete è una malattia cronica del metabolismo che consiste in un aumento dei livelli di zucchero nel sangue dovuto a un'insufficiente produzione dell'ormone insulina da parte del pancreas. Nel diabete di tipo 1 (insulino-dipendente) la produzione di insulina è azzerata a causa di una distruzione delle cellule che producono insulina da parte di anticorpi a carattere autoimmune.

Il diabete di tipo 2 (la forma meno grave, di cui soffre Merzak) è dovuto a una disordinata abitudine alimentare o una alterata risposta metabolica agli alimenti e compare solitamente nelle persone di mezza età o negli anziani, e in generale in quegli individui che hanno cercato di costruirsi una vita fatta di certezze e tranquillità. Molti diabetici infatti hanno fatto scelte rassicuranti, sono spesso sposati con figli e sentono di aver trovato il loro equilibrio all'interno della famiglia.

Questi pazienti si sono costantemente impegnati per proteggere accuratamente le loro esistenze dalle intemperie della vita fino a quando un evento imprevisto li ha colti di sorpresa incrinando le loro sicurezze.

Nel caso di Merzak il fattore scatenante è probabilmente stato l'adolescenza della figlia, e soprattutto il suo distaccarsi dalla famiglia e dai valori tradizionali sui quali l'uomo ha costruito la sua identità di individuo e di capofamiglia.

In generale, secondo l'ipotesi psicosomatica, le cause che facilitano l'insorgenza del diabete possono essere collocate in tutti gli eventi che rompono le sicurezze esistenziali nelle quali il soggetto si è rifugiato: la separazione dal partner, l'allontanamento di un figlio che si sposa o si trasferisce in un'altra città, la perdita di un lavoro stabile. In questi momenti di crisi può ricomparire quell'antico bisogno di essere accuditi, quella dipendenza da un mondo materno ideale che le certezze esistenziali avevano soddisfatto. Proprio il tentativo di darsi da sé quella dolcezza di cui si avverte urgente la necessità fa alzare il livelli di zucchero nel sangue. Il diabetico cerca così di nutrirsi dell'amore appagante e incondizionato di cui tanto sente il bisogno per affrontare le sfide che la vita gli riserva.

L'iperglicemia infatti è il modo in cui fin da neonati abbiamo reagito alle prime cure materne: ad ogni poppata il piccolo si è sentito accudito e desiderato dalla propria madre, e questa sensazione di profondo appagamento si è da sempre accompagnata ad un aumento dello zucchero nel sangue.

Ecco allora che le situazioni amare, i rapporti che diventano freddi e le difficoltà che disorientano, possono risvegliare nel corpo una risposta particolare: si avverte un'assenza d'amore, un vuoto insopportabile e il cervello risponde come farebbe di fronte ad una carenza di zucchero (ipoglicemia), reagendo con l'aumento della glicemia, nel tentativo di darsi dall'interno quella dolcezza di cui avverte un disperato bisogno.

È questo il terreno di base da cui può trare origine il diabete, pur tenendo presente l'importante componente ereditaria che potrebbe essere alle radici di questa patologia.

Altri soggetti a rischio possono essere quelle persone che hanno avuto una madre iperprotettiva e dalla quale sono dipendenti persino in età adulta, o al contrario individui che hanno vissuto una separazione traumatica dalla figura materna durante i primi mesi della propria vita.

Risultano predisposti al diabete anche soggetti che hanno vis-

suto un'infanzia difficile, caratterizzata dal senso di precarietà, dall'insicurezza, o segnata da violenze e maltrattamenti. Le persone con diabete di tipo 2 potrebbero trarre giovamento dalla vicinanza e dal supporto emotivo dei familiari, dal calore di affetti e amicizie.

La possibilità di trovare uno spazio intimo in cui sentirsi amati potrebbe rivelarsi il "farmaco" naturale più efficace per questo genere di pazienti.

Il soffio vitale

Alessandro F. è un bambino di dodici anni che soffre sin da piccolissimo di attacchi di asma bronchiale, talvolta assai violenti e che più di una volta lo hanno costretto a un ricovero in pronto soccorso. Viene regolarmente in ambulatorio con la mamma per un controllo e per la ricettazione terapeutica collaudata nel tempo: aerosol con antiinfiammatori e broncodilatatori, corticosteroidi orali come il prednisone per i periodi più difficili e cortisonici da iniettare in intramuscolo e da somministrare con spray, per le crisi violente.

Dopo le prove allergologiche, le visite dal pneumologo, il pediatra e l'otorinolaringoiatra si è stabilita la cronicità dell'asma di Alessandro, esacerbabile con la somministrazione di acido acetilsalicilico e l'inalazione di alcuni pollini. Discorso chiuso, terapia senza soluzione di continuità. Mi interessava molto questo caso. L'asma in generale è patologia significativa in sé, ho letto, e in particolare mi incuriosiva il rapporto di Alessandro con la mamma, il loro modo di vivere la malattia. Mi documentai parecchio e ne discussi con Chiara, la psicologa che viene il giovedì e con Claudio, il mio amico psichiatra, sempre molto gentile e cordiale.

Cercai di riferire alla mamma di Alessandro ciò che avevo appreso da loro e che pensavo dopo le letture a riguardo: le dissi che fin dall'antichità si sapeva che i sentimenti e le emozioni hanno un effetto sull'organismo e la malattia asmatica in particolare nasce dal rapporto dell'individuo col suo ambiente. L'emozione di partenza è spesso determinante nell'eziologia della malattia, sebbene ogni particolare situazione abbia un preciso significato in ciascun individuo in funzione del proprio vissuto, della propria storia e del personale sviluppo psicologico. Lei sembrava interessata al discorso e anche Alessandro ascoltava in silenzio.

Parlammo del fatto che le vie respiratorie sono le vie di comunicazione con il mondo esterno, il luogo dove entra la vita, che verrà poi distribuita dal sangue in tutto l'organismo. Lei mi disse che aveva letto che l'asma avrebbe potuto significare che qualcosa inquinava gli scambi che il suo Alessandro intratteneva con il proprio ambiente circostante.

Che poteva essere un bisogno di aria, di spazio e autonomia. Oppure esprimere il rifiuto di prendere contatto con qualcosa o qualcuno attraverso il respiro. Aggiunsi che si parla molto del fatto che l'asma esprime la distorta gestione di una emozione che letteralmente mozza il fiato. Chiara mi aveva infatti spiegato che spesso l'asmatico utilizza i propri sintomi per esercitare un dominio sul mondo circostante e interessante sarebbe stata l'esplorazione del rapporto madre-figlio.

L'asma può essere interpretata infatti come un timore inconscio del soggetto di venire in contatto con sostanze non conosciute; o ancora, il modo di esprimere l'aggressività nei confronti di una persona: la rabbia e l'eccitazione sono sentimenti che l'allergico probabilmente teme e ritiene pericolosi.

Sono sfoghi di un'emotività soffocata e razionalizzata, che si cerca invano di spegnere.

Chiara mi aveva detto che l'ipnosi faceva molto bene in questi casi. Il terreno era assai propizio per proporre alla madre di Alessandro un colloquio con Chiara e da lì, se avesse fatto piacere e bene, un programma di analisi dei fattori profondi scatenanti le crisi asmatiche croniche del figlio.

Vedo Alessandro e la sua mamma regolarmente, anche se

non spesso, per la prescrizione dei farmaci per attenuare le crisi d'asma. Mi dicono che con Chiara si trovano bene, e francamente non ne dubitavo: stanno affrontando un viaggio all'interno dei sentimenti e della relazione familiare, e penso che ciò possa solo portare buoni frutti. Sono assai fiducioso per gli sviluppi dell'asma di Alessandro: l'apertura mentale positiva di partenza per la risoluzione del suo problema non può essere che una via preferenziale verso la comprensione e la guarigione.

Alessandro e la sua mamma sono i pazienti ideali per un medico di famiglia, come me.

La paura di non essere amato

L'asma è una malattia infiammatoria che interessa le vie polmonari e si riconosce per le tipiche crisi respiratorie di intensità variabile caratterizzate da sibili, difficoltà nell'inspirazione e nell'espirazione, senso di soffocamento e tosse secca.

Le cause possono essere l'inalazione di allergeni (elementi in grado di provocare una reazione esagerata da parte del nostro corpo) come pollini, polvere, peli di animali, oppure i forti stress psicofisici in persone che presentano una predisposizione. A livello psicosomatico l'asma simboleggia la paura di perdere la sicurezza degli affetti primari. La crisi insorge in seguito al tentativo dei polmoni di trattenere il più possibile l'aria al proprio interno, un'azione che rispecchia la volontà di non separarsi da qualcosa (o qualcuno) avvertito come indispensabile.

L'aria è la prima fonte di vita, è l'elemento che ci permette di venire al mondo e sopravvivere, e in quanto tale rimanda al volto della madre. Quando l'asma si manifesta in età infantile, come nel caso di Alessandro, o nel periodo adolescenziale, la figura materna gioca un ruolo chiave. L'asma può essere dunque la risposta del bimbo a un amore sentito come ambivalente e opprimente. Per questo è stato dato alla mamma di Alessandro il consiglio di parlarne con la psicologa: è importante infatti capire se nella relazione con il figlio possano esserci elementi che lo espongono a questo disturbo. Fin da piccolo il bambino può avere la sensazione che l'amore della madre sia condizionato dalla propria condotta, che ci siano regole stabilite e che non sia in alcun modo permesso infrangerle, pena la perdita dell'affetto materno.

Il contenuto di questo schema infantile tende a riproporsi negli anni, modificandosi nella forma mano a mano che il piccolo cresce, ma rimanendo lo stesso nella sostanza.

Il bambino cresce in una gabbia invisibile in cui riceve amore-aria dalla madre, ma quando tenta di uscirne subito avverte il distacco e cerca quindi di trattenerla bloccando di riflesso l'aria nei polmoni. Una volta adolescente il ragazzo sente di avere una libertà ridotta, ovvero di potersi muovere soltanto all'interno delle aspettative materne.

Perciò, pian piano, il ragazzo si abitua a vivere in un luogo opprimente ma in cui si sente "libero di respirare". Il problema nasce quando il giovane cresce e cerca di uscire dallo spazio ridotto che gli è stato concesso, tentando di compiere scelte autonome. In quel momento potrebbe avvertire la possibilità di un soffocamento dovuto proprio alla mancanza di amore-aria.

Le madri dei giovani che soffrono d'asma hanno di solito delle caratteristiche comuni: sono tendenzialmente donne direttive, fredde e intransigenti. Scelgono di tenere il muso per giorni qualora la loro volontà sia messa in discussione, ma difficilmente comunicano in modo diretto quello che le contraria, creando atmosfere familiari cariche di disagio e tensione.

Di reazione una persona che soffre d'asma mostrerà, fin dall'adolescenza, la propensione a scegliere dei partner che possano garantire presenza e disponibilità costanti, una grande comprensio-

ne nei loro confronti ma anche l'assenza di critiche e aspettative. Qualora l'altra persona venisse meno a queste sue esigenze la relazione potrebbe facilmente incrinarsi.

Di fronte alla necessità di compiere una scelta autonoma nell'asmatico si riattiva dunque l'antica paura di essere privato dell'amore e il corpo reagirà cercando di trattenere al proprio interno quanta più aria possibile, impedendo di fatto l'ingresso di ossigeno e provando una reale sensazione di soffocamento.

Le crisi d'asma spesso rafforzano la convinzione inconscia che compiere scelte autonome sia pericoloso e significhi mettere a repentaglio la propria vita.

Jacopo l'inflessibile

Jacopo M. è un uomo di successo, se la parola ha un senso. Avvocato affermato nel suo entourage, padre irreprensibile, volontario in un'associazione caritatevole, religioso praticante. Un brav'uomo, insomma e dai fermi principi morali. Viene spesso da me perché a intervalli più o meno regolari ha male dappertutto, soprattutto alle articolazioni. Gli si gonfiano, si arrossano, dolgono assai. Siamo ormai tarati su prescrizioni collaudate di antiinfiammatori e antidolorifici, a tempo indeterminato. Parlandoci si capisce subito quanto Jacopo sia esigente nei confronti di se stesso e della propria cerchia. Si sforza di apparire agli altri come molto flessibile, ma la sua docilità è dettata dalla paura e da una sensazione di impotenza di fronte alle figure autoritarie, che cerca tutto sommato di imitare. Mi ci rivedo molto, mi identifico con lui e il suo modo di vedere la vita. Soffro anche io di dolori articolari e torcicollo e glielo dico.

Come Jacopo, probabilmente gestisco male i sentimenti di collera e reprimo il senso di rivolta alle cose che non mi piacciono, tengo entrambi sotto silenzio; per questo lo capisco bene e riconosco in lui una parte di me. Mi sembra di capire che entrambi esprimiamo con il corpo il nostro particolare disagio e gli dico anche questo. Gli confesso che soffro delle stesse cose. Jacopo sembra apprezzare il mio parlar sincero. Mi parla della sua difficoltà a rilassarsi, a dormire, che è sempre arrabbiato perché vede lassismo e maleducazione dappertutto. Si confida un po', mi fa piacere. Gli dico tutto ciò che penso, fino in fondo. Parliamo un po', in amicizia. Scopro forse di essere un poco meno rigido di lui e, seppur lusingato, mi vergogno di questo mio giudizio.

Quindi, prescrivo antidolorifici e antiinfiammatori e gli propongo di venire a parlare con Chiara, la psicologa che viene il giovedì, nel caso volesse approfondire qualche aspetto causale della propria sofferenza, che è poi anche la mia. Mi chiede se io ci vado dallo psicologo. Gli rispondo che certo che sì, ma è una bugia. Dovrei, lo so, in passato ho fatto analisi e sento di averne bisogno, ma ora non ci riesco più. Per qualche motivo, in questo periodo non posso.

Spero invece che Jacopo sia su una buona strada per il passo successivo: la presa di coscienza dei propri limiti e dei propri difetti. Io ancora non ci riesco. Riprendo le mie faccende, guardo senza interesse lo schermo del computer, per un momento di pausa mio. Poi mi alzo, faccio capolino in sala d'aspetto e chiedo chi sia il prossimo. Una signora anziana mi segue, si siede e porge una lista di farmaci scritta su un foglietto, sono per lei; poi estrae un cartoncino dalla borsetta nera di pelle, con su incollati i frontespizi delle confezioni farmaceutiche delle cose che prende il marito. Inizio diligentemente a compilare il ricettario con i nomi, le quantità, le varie formulazioni: compresse, fiale, spray, mentre la mente divaga.

Ripenso a Jacopo, a quello che ci siamo detti. Penso a me stesso, alla mia vita, alle mie cose: quel modo tutto mio di avere paura della libertà, della morte e di tutte quelle cose che di solito proietto fuori di me, ma che sono in me. L'avevo imparato in quegli anni di psicoanalisi, che oramai sembravano lontanissimi. Intanto si è formata una piccola pila di ricette debitamente compilate in tutte le loro parti, messe le une sulle altre, affastellate in una pila rossastra. Parto meccanicamente, a ripetizione: spingo il tampone del timbro sul quadrato rosso in basso a destra di ognuna delle ricette e poi riparto daccapo, facendo un segno rapido sui timbri appena apposti su quelle che sembravano le carte ministeriali del polveroso Goljadkin, il burocrate del "Sosia" di Dostoevskij. La signora saluta cordialmente ed esce chiudendo la porta. Io sono di nuovo nel mio attimo di micro pausa spesa a guardare lo schermo slavato del computer: mi rimanda l'immagine di un bosco rigogliosissimo, di un verde intensissimo e innaturale. Ma non mi alzo ancora, stavolta.

Con un guizzo mi volto verso il telefono e alzo il ricevitore. Faccio a memoria il numero di telefono di Pamela, la mia psicologa. Voglio chiederle se dopo tutti quegli anni ha ancora lo studio lì dove andavo per incontrarla e vuotare il sacco. Voglio guardarmi ancora allo specchio, vedere se il mio volto vero è un po' mutato oppure no. È ora di riaprire il cofanetto e far volare via le mosche di dentro. Il telefono dall'altra parte suona libero. Aspetto con emozione, qualcuno dall'altra parte sta per rispondere.

Quando le regole ci irrigidiscono

Il dolore articolare, le tensioni muscolari, la rigidità dei movimenti corporei a livello psicosomatico possono significare che l'agire psicofisico della persona è troppo rigido, statico, controllato. Jacopo soffre di dolori articolari. Le articolazioni sono il punto di congiunzione tra ossa e muscoli e la loro particolare struttura rende possibile il movimento fluido di tutto il corpo. La riduzione del loro raggio d'azione è causata dalla presenza di norme interiori molto rigide che costituiscono le colonne portanti dell'identità e ne condizionano i movimenti.

Le regole (morali, religiose, educative) quando non ci sono utili possono rappresentare qualcosa a cui è necessario sottomettersi.

Chi soffre di dolori articolari generalmente ha bisogno di vivere secondo le norme, di seguirle alla lettera per raggiungere un senso di certezza, per ottenere la stabilità di cui ha bisogno. Queste persone temono fortemente l'insicurezza, inseguono soluzioni che possano garantire loro la solidità tanto desiderata: il matrimonio, la famiglia, un lavoro fisso, una casa di proprietà; tutti obiettivi fortemente attraenti per chi è alla ricerca di radici.

Queste regole inflessibili però hanno un prezzo da pagare e Jacopo lo vive tutto sul proprio corpo; le norme a cui aderisce impongono la rinuncia a vivere pienamente diverse parti di sé e delle relazioni interpersonali spontanee. Le ridotte motilità e flessibilità della sfera psicologica finiscono per influire sulla libertà del corpo limitandolo, proprio come è stato ridotto e limitato lo spazio interiore in cui ci si è costretti a vivere.

Con la perdita dell'energia vitale, della libertà e creatività, il dolore e l'impossibilità di compiere alcuni movimenti fanno la loro comparsa sulla scena.

I sintomi di Jacopo sono la risposta ad una situazione psichica in cui le azioni inconsciamente desiderate vengono trattenute e soffocate, scegliendo movimenti fisici compatibili con le rigide norme psichiche ed etiche che l'uomo si impone di rispettare.

L'identità a cui il paziente vuole aderire limita la sua autenticità e lo costringe a vivere all'interno di schemi comportamentali inflessibili nei confronti di se stesso, degli altri e della società in cui vive.

Da questo si generano quei conflitti interiori che sono alla base di questa patologia, che si traduce in dolore e mancanza di fluidità nelle movenze. Jacopo inoltre soffre di torcicollo, un condizione in cui i muscoli, in particolare quelli del collo, sono contratti in modo anomalo. Il paziente mostra un'obbligata deviazione della testa da un lato e una notevole difficoltà a compiere movimenti del capo e del tronco accompagnata molto spesso dalla sensazione di sbandamento o di vertigine.

A livello simbolico questo rappresenta il tentativo da parte di chi ne soffre di girare la testa dall'altra parte per non guardare in faccia la realtà. In chiave psicosomatica, le tensioni, le contratture raccontano qualcosa di noi che spesso non conosciamo o non vogliamo vedere.

Quando il paziente tenta di muovere il collo può percepire un senso di vertigine o di instabilità: gli equivalenti corporei del senso di disorientamento e di paura di cadere. Un disturbo come questo può indicare che la persona per timore di svelare desideri inesprimibili sta trascurando un'intera parte della realtà tralasciando così relazioni, responsabilità, progetti e sviluppando una visione unilaterale e un modo di pensare poco obiettivo ed elastico.

Un cappotto di ferro

Sandra Z. ha i reumatismi. Dice di sentire il corpo come fosse congelato, chiuso, bloccato. Non è più giovane la nostra Sandra, ma cerco di alleviare come posso le sue sofferenze, per una vita migliore. Prescrivo dell'aceclofenac in bustine da 100 mg, generalmente molto efficace nel trattamento delle malattie reumatiche infiammatorie, l'artrosi e i reumatismi extra articolari simili a quelli che sembrano affliggere lei.

Chiedo prima se ha mai sofferto prima di crisi asmatiche dopo assunzione di farmaci o di ipersensibilità agli antinfiammatori non steroidei, incluso l'acido acetilsalicilico. Lei risponde di non essere sensibile ai farmaci e accetta la terapia con slancio. Ma settimana dopo settimana, mese dopo mese, i sintomi non si attenuavano, anzi. A quel punto ero incuriosito da questa sua resistenza alla guarigione ed esploravo ad ogni incontro un poco di più la sua vita familiare, affettiva e relazionale. Fra i molti racconti insignificanti e privi di ogni tinta emotiva o affettiva, una luce si accese un giorno, quando mi confessò che il marito era diventato insopportabile, che lo era sempre stato e che ultimamente le cose andavano sempre peggio. Anziano farmacista in pensione, molto più grande di lei, da quando aveva smesso di lavorare era diventato sempre più opprimente e abulico, dimagrito, cagionevole: non usciva più di casa e dava segni di squilibrio mentale.

Chiara, la nostra amata psicologa mi disse che sul piano psicologico chi è affetto da reumatismi può talvolta esprimere con tale disagio una difficoltà ad adeguarsi ad una situazione vissuta come problematica. La difficoltà di movimento diventa allora una limitazione auto-imposta. I dolori reumatici possono nascere anche dalla paura per il futuro; l'equilibrio e la voglia di muoversi e sperimentare sono modificati, ci si chiude e si lascia che le preoccupazioni prendano il sopravvento.

Ci si blocca, in qualche modo, coscientemente o meno. Proposi a Sandra, che intanto era passata alle infiltrazioni di corticosteroidi, di discutere un poco con Chiara dei suoi problemi della vita quotidiana, dei suoi vissuti. Sandra rimase un paio di settimane senza dare cenni di sé, poi un giorno riapparve. Mi disse che il dolore non era passato e chiese il numero di telefono di Chiara, che trascrissi con somma gioia su un foglietto di carta.

Chiara e Sandra si sono viste una volta alla settimana per due mesi. Discutendo del caso con Chiara, nell'ambito della discrezione imposta dal segreto professionale fra due operatori sanitari, emersero alcuni elementi che lei giudicava importanti. Mi disse che Sandra, durante l'interpretazione di un sogno che riguardava lei e il marito, aveva lasciato emergere alla coscienza il fatto che sperava che lui, metaforicamente parlando, morisse; che la lasciasse in pace definitivamente, che scomparisse dalla sua vita. Era stato per anni un despota con lei, la maltrattava assai e non la considerava se non per i servigi domestici e i doveri coniugali. Forse la malattia incipiente del marito e il suo stato di salute precario, lasciavano supporre una sua prematura dipartita.

Ma questa malaugurata opportunità e, in fondo, questo suo desiderio inconscio, la lasciava sola con se stessa e di fronte alla progettazione di una nuova vita solitaria futura, che la atterriva e la immobilizzava. Avrebbero continuato le sedute psicoterapeutiche, che sembravano giovare molto a Sandra e la confortavano. Dopo sei mesi di psicoterapia il rapporto fra Chiara e Sandra si interruppe, erano successe tre cose importanti: il marito era purtroppo deceduto, Sandra aveva drasticamente ridotto la terapia antinfiammatoria e si era trasferita dalla figlia, in Svizzera.

I doveri che bloccano la vita

La malattia reumatica sembra riflettere la necessità di modificare uno stile di vita ormai superato e tutto all'insegna del sacrificio. Sandra, dal punto di vista psicosomatico, sembra soffrirne in risposta al difficile e tormentato rapporto con il marito.

Questo disturbo obbliga la persona a rallentare, limita i suoi movimenti, dato che le parti colpite sono soprattutto gli arti. Chi soffre di reumatismi, a causa del dolore alle articolazioni e all'arto dolente, si muove come se fosse arrugginito, l'azione che compie sembra carica di pesantezza e attrito.

Le movenze rallentate riflettono una situazione in cui il dinamismo mentale è ridotto e la stessa maturazione personale sembra abbia subito un arresto a causa di doveri od ostacoli a cui la persona ha concesso il primo posto nella scala dei valori. Le norme di riferimento personali sono il senso del dovere e del sacrificio che poggiano su un'indole altruistica.

La vita di Sandra è un esempio di questo modo di affrontare l'esistenza. È emblematico come le zone più colpite da questa malattia siano proprio quelle delle mani e dei piedi, del gomito e delle ginocchia, elementi corporei indispensabili a garantire il movimento.

I dolori diffusi sembrano indicare alla persona che le cose non procedono in modo fluido all'interno di se stessa, le cose non "scorrono lisce" come dovrebbero e anche le articolazioni risultano ingolfate da questi ostacoli di fondo: conflitti, doveri imprescin-

dibili, posticipazioni continue di ciò che si vorrebbe fare ma si rimanda. Questo modo di vivere ha compromesso la libertà di azione e i reumatismi sono il risultato della brusca frenata esistenziale messa in atto nel tempo dalla persona.

Le persone più a rischio di reumatismi sono quelle che pur trovandosi nel pieno della maturità (35-55 anni) e dell'energia non si concedono la possibilità di occuparsi della propria vita in modo soddisfacente. Si sentono chiuse in un circolo vizioso, divise tra ciò che realmente vorrebbero e quello che invece sentono di dover fare. Inserite in un contesto familiare o lavorativo che richiede loro abnegazione continua, energia e tempo, vivono un compromesso costante tra desiderio e responsabilità.

Al di là dell'età, ci si può esporre a questo disturbo ogni volta in cui ci si obblighi a perseguire in modo ostinato un obiettivo che nel presente non corrisponde alle esigenze personali o ai propri interessi.

L'autunno di Guido

A Guido cadevano ciglia e sopracciglia. Non sapeva come fare per nascondere la cosa. Avendo solo quattordici anni, la mamma era giustamente inquieta per qualcosa di grave.

Erano sei mesi che andava avanti così: tutto era iniziato con un sopracciglio che sembrava dimezzato, mi dissero.

Poi l'altro sopracciglio. Infine le ciglia che si diradavano impietosamente, sempre di più. Dopo pochi mesi non aveva quasi più né ciglia né sopracciglia. Sembravano cadere come foglie in autunno, diceva sorridendo Guido. I peli del pube erano diradati e i peli sulle braccia e le gambe erano radi e presenti a chiazze.

I capelli, per fortuna, non sembravano subire alcun cambiamento. Avevo già incontrato casi simili nei bambini: pelle secca, perdita dei peli, leggera diminuzione della massa muscolare agli arti, lieve rachitismo. Era il cortisolo endogeno. C'era sempre alle spalle una situazione difficile di vita o un trauma. Sospettavo per Guido un disequilibrio della produzione del cortisolo da parte delle ghiandole surrenali a seguito di eventi stressanti ripetuti e continuativi. Una batteria di analisi cliniche era d'obbligo, per chiarire il quadro.

Le analisi del sangue non rilevarono nulla di particolare, ad eccezione di una glicemia lievemente sopra la norma, per un bambino, e quel cortisolo appena sopra il valore superiore di riferimento. Nulla di eclatante, ma i miei sospetti mi indussero a non mollare la presa. Guido continuava a dire che andava tutto bene, che non aveva nulla da dire sulla sua vita scolastica o familiare. Chiesi alla mamma come andassero le cose a casa e a scuola, o se avesse avuto qualcosa da raccontare di importante per il figlio. Mi disse che era tutto tranquillo, che non aveva nulla da dire.

Sembrava seccata. Ritenni inopportuna qualunque terapia medica, non essendo stato in grado di formulare una diagnosi chiara, ma inviai il ragazzo da un dermatologo e da un endocrinologo, per non abbassare la guardia e ascoltare il parere di specialisti ai quali forse sarebbe risultato più facile formulare qualche idea in merito, per aiutare Guido. L'endocrinologo non si pronunciò e il dermatologo pensò a una blefarite e prescrisse impacchi e creme antibiotiche per le palpebre e minoxidil e antibiotico per le sopracciglia.

Chiesi alla madre del ragazzo se mai avrebbe accettato la possibilità di lasciar parlare Guido con una psicologa, ma lei si rifiutò con decisione, dicendo che aveva paura che il figlio credesse poi di non essere normale. Rispettai la sua decisione e mi attenni alle indicazioni terapeutiche del dermatologo, anche se serbavo in cuore i miei dubbi sulle origini e le cause del malessere di Guido.

Solo molti mesi dopo venni a sapere da una professoressa di Guido, mia paziente, che uno zio del ragazzo era stato affidato alla giustizia. Il povero Guido era stato oggetto di attenzioni sessuali per anni da parte di quello zio malato di mente, che era stato da poco scoperto e indagato. Se ne accorsero a scuola: Guido svenne in classe e nell'ambulanza, in stato di semi incoscienza raccontò tutto agli infermieri che lo trasportavano in ospedale.

Un vuoto nella testa

Enrico L. è un militare volontario in ferma prolungata in un reparto di fanteria meccanizzata, ha firmato per restare nell'esercito tre anni. Sta scadendo il suo ultimo anno. Mi racconta che dopo il conseguimento del diploma conseguito al liceo artistico si è arruolato nell'esercito, ma non per vera passione, piuttosto per paura di non trovare lavoro e uno stipendio fisso.

Credeva che l'esperienza militare gli avrebbe dato anche la possibilità di viaggiare e fare esperienze. Arriva un giorno da me, in ambulatorio, per una fastidiosa alopecia areata che si è manifestata come una evidente "piazza" priva di capelli, una chierica sul capo della grandezza di una grossa moneta. Sono due anni che soffre di questo disturbo, che va e viene.

L'alopecia areata è una patologia cutanea che si manifesta tipicamente con chiazze glabre sul capo che possono estendersi al corpo. Solitamente le prime chiazze si manifestano nel cuoio capelluto e, nella maggior parte dei casi, il disturbo si risolve spontaneamente, senza mostrare segni di cicatrici. La causa di tale manifestazione cutanea non è del tutto chiara, ma appare sempre più dimostrabile che si tratti di un meccanismo immuno-patologico dovuto all'attacco da parte di anticorpi IgE o di leucociti umani di seconda classe e linfociti T citotossici. Si tratta dunque di un meccanismo auto-immune in grado di danneggiare transitoriamente e localmente i follicoli piliferi. Molte delle terapie adottate sono a base di ormoni, generalmente cortisonici, o di minoxidil in via topica al 2%

per l'aumento della irrorazione capillare e di azatioprina in compresse, che può ripristinare il normale livello degli anticorpi con la sua azione immunosoppressiva a bassa tossicità.

In parallelo, nella letteratura scientifica sono riportati sempre più casi di alopecia risolti con l'ipnosi e l'agopuntura; per questo invio Enrico da un dermatologo, per la terapia medica, e da Mario, uno psicologo psicoterapeuta specializzato nell'ipnosi, per l'individuazione delle cause psicologiche scatenanti la patologia dermica. Il dermatologo prescrive corticosteroide per via orale, una crema a base di antralina e del minoxidil. Lo psicoterapeuta effettua una serie di colloqui esplorativi e decide di proporre un ciclo di sedute ipno-terapeutiche, alle quali Enrico si presta volentieri.

Sono passati tre mesi da quando ci siamo visti la prima volta. Ho incontrato Enrico in un bar, per caso, tempo fa: mi ha raccontato che la sua alopecia è leggermente migliorata e che, anche se i suoi genitori sono assai contrari, non rinnoverà la ferma nell'esercito, alla fine del mandato. Vuole provare a fare qualcosa con il suo diploma artistico, si è reso conto di quanto gli manchi disegnare.

Un dolore che si rende visibile

L'alopecia è una situazione in cui si verifica una caduta di peli, ciglia, sopracciglia e capelli. Esistono diverse forme di alopecia: quella di cui soffre Guido, implica la perdita di ciglia, sopracciglia e dei peli corporei, mentre quella areata, la forma che presenta Enrico, è una caduta localizzata dei capelli che si presenta con tipiche chiazze rotondeggianti e irregolari sul capo. Le cause più frequenti per l'insorgenza di questo disturbo possono essere gli stress intensi, i traumi, il contatto con sostanze tossiche (ad esempio farmaci chemioterapici), un'infezione virale, il tutto nell'ambito di una predisposizione ereditaria di base.

L'alopecia a livello psicosomatico può rappresentare l'espressione di un trauma affettivo profondo; spesso questo disagio si manifesta in seguito a un'esperienza sconvolgente per la persona.

Specie in età infantile, l'alopecia può insorgere nel momento in cui il bambino vive uno shock importante quale la separazione dei genitori, la perdita di una figura di attaccamento primario, il trasferimento in un'altra città, un cambio di scuola ecc.

L'alopecia è il modo in cui il corpo reagisce all'elaborazione del trauma e comunica il suo profondo malessere; attraverso la morte del bulbo pilifero, l'organismo esprime il vuoto provato, la mancanza di vitalità, lo "strappo" accusato.

Nel caso di Guido è facile associare questa risposta fisica al trauma subito in seguito alle molestie familiari. Come purtroppo emerge da questa storia, il bambino è maggiormente esposto al rischio di sviluppare questa patologia quando ha difficoltà ad esternare il proprio dolore o dispiacere, oppure quando i suoi sentimenti non vengono considerati dagli adulti.

Nell'adolescente, l'alopecia può simboleggiare una grande difficoltà nell'affrontare il proprio sviluppo psicofisico; il ragazzo di solito si dibatte tra la naturale tendenza a scoprire e affermare la propria personalità e una dipendenza ancora molto spiccata dai genitori, più segnatamente dalla figura materna. Il sintomo esprime questa ambivalenza e assume carattere di regressione fisica alla primissima infanzia, a un tentativo di riacquisire la pelle glabra da neonato. Nel ragazzo, l'alopecia può diventare la portavoce dell'impossibilità di vivere ed esprimere una sessualità che sta esplodendo o la creatività tipica di quest'età a causa di un'atmosfera familiare eccessivamente chiusa, a volte moralista, in cui vi sono rapporti di dipendenza reciproca avvertiti come troppo stretti, che impediscono la creazione di un vero spazio di libertà e autonomia individuale. Questo sembra corrispondere alla situazione di Enrico, che non si sente veramente soddisfatto delle scelte compiute ma avverte una sorta di disapprovazione familiare di fronte al suo tentativo di modificare il corso degli eventi. La parola più adatta a descrivere lo stato d'animo del giovane sembra essere demotivazione. Il ragazzo infatti mostra scoramento e insoddisfazione nei confronti di una realtà che non lo appaga, manifestando al tempo stesso indecisione sulle scelte da compiere per "cambiare rotta".

In generale, infine, nel giovane adulto l'alopecia si presenta soprattutto in forma di calvizie precoce dovuta in parte ad uno stress psichico, causato spesso da un eccesso di studio o di lavoro. Questa patologia, un tempo esclusivamente maschile, interessa oggi diverse giovani donne che soffrono di diradamento della chioma a causa di uno stile di vita troppo teso al raggiungimento di obiettivi eccessivamente elevati o irrealistici.

Monica non ci crede

Monica G. viene da me con il marito, perché sta male. Ha dolori addominali diffusi, nausea. Racconta di essersi svegliata durante la notte, di soprassalto, con un dolore al petto irradiato alle braccia.

Sente la testa pesante e formicolii alle dita delle mani. Quest'anno è la terza volta che succede: la prima volta mi ha talmente spaventato da indurmi a spedirla direttamente al pronto soccorso per fare accertamenti immediati. La faccio accomodare sul lettino e chiedo al marito di attendere in sala d'aspetto. Eseguo scrupolosamente l'esame obiettivo all'addome, prendo la pressione arteriosa, verifico la percentuale di saturazione in ossigeno del sangue, i riflessi neurologici ed eseguo anche un elettrocardiogramma di controllo, per sicurezza. Ma nulla sembra emergere. Tutto nella norma. Niente vomito o diarrea, niente tosse o dispnea. Nulla di nulla, mi sembra. Vista anche la sua storia medica recente, propendo per un attacco di panico e le propongo di risolvere la crisi con una terapia che la calmi per qualche ora, a base di benzodiazepine. Le accenno che non è la prima volta che ci vediamo per cause solo apparentemente fisiche. Ma la paziente rifiuta la terapia. Non mi crede, mi dà una diagnosi dettagliata sul suo malessere gastrico, non vuole sentire ragioni. Poi va oltre, dice che è contro la medicina e le chiacchiere. Parte con un'invettiva a voce alta contro i medici e i ciarlatani, tanto che induce il marito ad aprire la porta ed entrare nell'ambulatorio. Faccio accomodare anche lui e richiudo la porta. Cerco con molto tatto di spiegarle il mio punto di vista, di proporre un incontro con una psicologa o una psichiatra per un colloquio e, nel caso fosse cosa gradita, una eventuale psicoterapia, per capire le ragioni profonde della sua insonnia, di quel panico, del suo malessere e dell'aggressività.

A queste mie parole Monica esplode definitivamente: mi dice che noi medici siamo tutti uguali, dei buffoni tali e quali a quello che tre anni prima le aveva fatto perdere un bimbo che attendeva in grembo da cinque mesi. Mi dà del ciarlatano, direttamente stavolta e gridando sempre più forte.

Per fortuna, non perde mai completamente il controllo di sé e non mi costringe a chiamare l'ambulanza. Poi, succede qualcosa a me, improvvisamente, inaspettatamente mi lascio andare anch'io: mi alzo e le vado davanti - alla presenza del marito il quale mostrava un'espressione fra l'atterrito e lo sghignazzante - e le dico a voce alta e con sguardo fermo e deciso che ne ho abbastanza di quella sua crisi isterica, che andasse a sfogarsi da qualcun altro e che smettesse di fare la bambina che altrimenti la avrei messa a posto io, per bene. Mi pentii immediatamente di quella mia reazione scomposta ma, lo confesso, assai liberatrice. Lei prese il marito per mano e se ne andò sbattendo la porta, senza aggiungere parola. Guardai l'uomo andare via sconsolato.

Chiusi la porta dell'ambulatorio e mi sedetti, per riflettere qualche istante e lasciare che la tensione accumulata evaporasse via. Aprii la finestra, respirai a fondo, mi calmai, poi misi timorosamente il naso fuori dalla porta e chiesi in sala d'aspetto chi fosse stato il prossimo, dissimulando serenità, come nulla fosse successo.

A sera ripensai a Monica e me ne volli; forse non era pronta ad affrontare il suo problema vero e interiore, qualunque esso fosse; eppure sorrisi, all'idea che anche io mi ero sfogato per bene con lei, in fondo, e anche troppo; pensai che in qualche modo c'era stato un reciproco riconoscimento sul piano del bisogno di sfogarsi con qualcuno. Io avevo aiutato lei ad aprire una valvola interiore, e lei aveva aiutato me, forse, allo stesso scopo. Mi autoassolsi in questo modo e mi addormentai, più o meno tranquillo.

Dopo qualche mese tornò da me il marito di Monica, questa volta da solo. Sorrideva. Mi disse che la sua Monica aveva da qualche giorno contattato uno psicoterapeuta. Parlammo un poco, con calma. Eravamo in accordo che sarebbe stato utile, fra le altre cose, valutare ciò che era scaturito da quella sua crisi di rabbia, di ripensare meglio a quel grave episodio della perdita del figlio, entrambi convinti che fosse un elemento importante per comprendere, forse, i motivi di quella collera repressa da lungo tempo, che Monica rivolgeva contro se stessa e gli altri. Ribadii che ero felice che si fossero rivolti a qualcuno più qualificato di me in materia: avrebbero potuto finalmente valutare le cause psicologiche profonde dei malesseri oscuri dell'amata moglie, che non avremmo potuto immaginare noi, o lei, da soli. Ci salutammo cordialmente. Sono contento che Monica si sia sfogata almeno un po', quel giorno: che abbia vuotato in minima parte il sacco ricolmo che si portava dentro. Per ora non ho notizie ulteriori. Ci vuole tempo affinché germoglino i semi della coscienza, mi dico. Ma forse mi sto di nuovo auto assolvendo.

Il corpo ci manda un segnale fortissimo

Il panico è una manifestazione d'ansia estrema caratterizzata da attacchi della durata di 10-20 minuti circa. Durante la crisi si prova un vero e proprio terrore e un'intensa apprensione, la sensazione è quella di essere sul punto di morire. Generalmente la persona colpita da questo malessere è convinta di avere una malattia grave quale un infarto o un ictus. Per questo non è insolito che chi si trova in preda a un attacco chieda di essere portato al più vicino pronto soccorso.

I sintomi più comuni sono alcuni fra quelli manifestati da Monica e comprendono: senso di soffocamento, deliri e costrizioni al petto, palpitazioni, sudorazione, tremori, brividi o vampate di calore, formicolio agli arti, senso di instabilità, timore di svenire, paura di perdere il controllo o di impazzire.

A volte gli attacchi sopraggiungono in particolari contesti o circostanze di cui la persona ha timore (luoghi affollati, come i centri commerciali, oppure chiusi come la metropolitana, gli ascensori ecc.), altre volte invece non sono collegati a specifiche situazioni, come nel caso di questa paziente. Il panico rappresenta un'estrema reazione di allarme, un'ansia spinta al massimo della sua intensità.

Da un punto di vista psicosomatico il corpo cerca di comunicare, attraverso un segnale forte, che qualcosa di importante non va come dovrebbe nella vita della persona, e che questa situazione può diventare un pericolo per la salute psicofisica se non viene individuata, affrontata e risolta. Tendenzialmente chi soffre di questo disturbo è consapevole del problema che lo riguarda, sa che il suo modo di essere, il suo stile di vita, l'identità che si è costruito, gli vanno stretti, ma, per varie ragioni, si ostina a non modificare nulla di sé, arrivando a recitare un ruolo fisso, a mettere in scena un personaggio fittizio e a non voler "guardare in faccia la realtà". Monica è un caso evidente di questa ostinazione a non voler vedere ciò che davvero la fa stare male.

Chi soffre di panico semplicemente ha soffocato la propria vera natura adattandosi ad uno stile di vita lontano da ciò che davvero desidera, inibendo il proprio talento, creatività e passione. Il corpo allora si fa carico di esprimere una situazione insostenibile a livello psicologico, e lo fa in un modo estremo, esprimendo l'esigenza impellente di rompere degli argini diventati esageratamente stretti. Il panico ha la funzione di liberare con una modalità simile ad un'esplosione una grande quota di libido, cioè di energia vitale intrappolata nella persona.

Ogni attacco andrebbe letto come una manifestazione di energia vitale repressa, e per questo, quando insorge una crisi è fondamentale non opporsi al disagio, ma, al contrario, mettersi nelle condizioni migliori per permettere a questa energia prorompente di manifestarsi (cercare di appartarsi e trovare una posizione comoda) lasciandosi attraversare dal panico ricordando che questa potente energia non è letale, non fa danni, e se non la si ostacola, scompare dopo pochi minuti.

Questo disturbo può essere legato alla dimensione affettivo-sessuale o comunque è connesso a un eros insoddisfacente. Ha un'insorgenza superiore nel momento in cui un'intensa energia creativa o un nuovo lato della personalità cercano di emergere, ma vengono soffocati dal vecchio modo di essere. Il panico può farsi portavoce della mancata espressione del dolore provocato da un evento luttuoso o da un'incompleta elaborazione di un trauma.

Per questo un attacco può originare, anche a distanza di svariati mesi, da una perdita, un incidente, una separazione. In generale presentano un maggior rischio di sviluppare il panico le persone che vivono situazioni che percepiscono senza via di uscita o che non riescono ad esprimere le proprie emozioni in modo spontaneo e autentico.

Una farfalla nel cuore

Paolo B. ha le palpitazioni. Viene in ambulatorio in evidente stato di agitazione. L'esame obiettivo e l'elettrocardiogramma evidenziano unicamente la presenza di un'aritmia, un'extrasistole. Invio il paziente dal cardiologo per accertamenti.

Le extrasistoli sono aritmie benigne legate a diversi fattori extracardiaci tra cui l'ansia e i disturbi digestivi. Paolo in effetti per sua storia anamnestica personale presenta pregresse ansia e gastrite. Il cardiologo diagnosticò un'extrasistole benigna sopraventricolare: un battito cardiaco anomalo rispetto al ritmo normale, che in genere avviene in anticipo ed è seguito da una pausa che il paziente avverte come una sensazione di battito mancante o di uno sfarfallio nel petto.

Il disturbo deve essere sempre indagata dallo specialista, in quanto può essere isolata ma anche manifestarsi in sequenza, e potenzialmente non va mai esclusa la possibilità che sia l'esito di una malattia cardiaca di varia natura, anche grave.

Ma nel caso di Paolo si trattava di un fenomeno isolato e benigno, dovuto probabilmente al periodo stressante che stava attraversando. Il cardiologo non assegnò alcuna terapia e consigliò dei calmanti. Prescrissi a Paolo delle benzodiazepine per un breve periodo, che gli permettessero di uscire dal fenomeno aritmico, e un periodo di dieci giorni di riposo assoluto ripromettendomi però successivamente di esplorare meglio con lui l'origine dei suoi malesseri. Mi documentai in materia psicosomatica e ne parlai con i colleghi psicologi e psichiatri.

Mi restò impresso dalle loro parole che la palpitazione benigna, non a sfondo patologico strutturale, è un segnale che ci indica di investire diversamente e meglio la nostra energia; che un battito irregolare è un segno di energia disponibile, ma utilizzata male.

Un metaforico tuffo al cuore, in presenza di un nuovo amore o gioia nella nostra esistenza, che fatichiamo ad ammettere o che, in assenza di questi, desideriamo inconsciamente ricompaiano nella nostra vita quotidiana. Il cuore simboleggia nella mente di ognuno di noi un organo che rappresenta tutti gli sforzi che facciamo per riuscire a vivere e ad essere felici.

Ma nel caso di Paolo, le emozioni represse o negate avevano un effetto sfavorevole sul funzionamento del battito.

Tutte le emozioni, mi dicono gli psicologi, persino una gioia eccessiva, se negate, possono colpire il cuore e causare tachicardia o aritmia, poiché le emozioni in qualche modo cercano di emergere per esprimersi e ci riescono sempre, in un modo o nell'altro. Paolo tornò dal suo periodo di riposo e cure e accettò di parlare con Chiara, la psicologa che viene in ambulatorio il giovedì. Venne fuori assai rapidamente che una sua nuova collega di lavoro, appena arrivata da un altro ufficio, era uno schianto di donna, almeno agli occhi di Paolo: era innamorato ma non poteva ammetterlo.

Era stato molto tempo da solo, per anni, dopo essere stato lasciato da una ragazza che aveva adorato e che gli aveva procurato molto dolore.

Una nuova storia d'amore rappresentava per lui una magnifica opportunità e un desiderio profondo, ma anche una gran paura. Lo si poteva comprendere bene.

Eppure il suo cuore non aveva dubbi: gridava forte di lasciarsi andare. Paolo era innamorato. Beato lui.

Le emozioni non fluiscono libere

L'aritmia è l'alterazione di ritmo e frequenza delle pulsazioni cardiache causata da una diffusione irregolare degli impulsi elettrici all'interno del muscolo cardiaco.

A livello simbolico l'aritmia cardiaca simboleggia il bisogno di vivere seguendo ritmi differenti da quelli che ci siamo dati o che ci sono stati imposti. Paolo è l'esempio perfetto per descrivere questo stato d'animo. Qualcosa in lui polemizza con lo stile di vita adottato e vorrebbe scardinare le cadenze troppo regolari, gli schemi vincolanti. Attraverso l'aritmia si manifesta la voglia di vivere a un ritmo affettivo diverso, di avere più spesso il batticuore per qualcuno, di emozionarsi di più. Anche se questo può fare paura. Per questo le persone più a rischio di aritmia sono quelle che non lasciano fluire liberamente emozioni e sentimenti, proprio come Paolo, e tutti quelli che concedono solo piccoli ritagli di tempo all'emotività e vivono per lo più una vita frenetica e concentrata su qualcosa d'altro.

Un Super-Io molto esigente, che tenta di domare i propri aspetti istintivi controllandoli con un rigido ordine mentale, può esporre una persona a questa problematica.

Questa patologia può riguardare anche persone dall'indole tendenzialmente pigra, che fanno scarsa o nulla attività fisica o, al contrario, individui che svolgono un'eccessiva attività e faticano a percepire il senso del limite; o ancora, chi in generale mostra una grande difficoltà a cambiare ritmo di vita pur trovandosi di fronte alla necessità di farlo.

I vent'anni di Fabiola

Fabiola P. arriva in ambulatorio accompagnata dalla madre. Vomita da due giorni e ha male allo stomaco. In casa, il giorno prima è svenuta per qualche minuto dopo aver spostato un mobile. L'esame obiettivo non rivela difese muscolari o segni di infiammazione peritoneale, non ci sono volvoli intestinali o porzioni addominali tumefatte.

L'elettrocardiogramma è negativo e la pressione buona. Propendo per una banale infezione virale, ma qualcosa non quadra. Mi accorgo che Fabiola, una splendida ragazza di ventuno anni, è disidratata e troppo magra per la sua altezza. Le chiedo quanto pesi, mi risponde di non saperlo.

Sorrido e propongo di fare una specie di gioco, di guardare cioè quanto sia alta e quanto pesi, come si fa con i bambini che crescono. Fabiola sorride a sua volta, la madre invece ha un'espressione tesa da quando sono arrivate e non accenna a rilassarsi. Fabiola risulta essere alta un metro e settantaquattro e pesare cinquanta chili, per un indice di massa corporea uguale a sedici. Mi guarda con soddisfazione, sembra contenta di essere magra, ma la realtà è che è assai sottopeso.

Al di là dei numeri e delle percentuali, sembrava troppo magra anche a occhio nudo. Inoltre, i suoi occhi emanavano una luce scura, un'ombra sembrava segnare la luminosità dello sguardo. Le posi delle questioni generiche sulla sua vita, se andava tutto bene. Lei mi disse che sì, non c'era problema, che l'università procedeva bene ed era tranquilla. La madre guardava qualcosa fuori della finestra, sembrava assente. Improvvisamente, non so nemmeno io perché, chiesi con tono di voce pacato e sereno se si mettesse le dita in gola per vomitare, dopo mangiato. Fabiola arrossì violentemente e si irrigidì facendo di no con la testa, mentre la mamma guardava il pavimento.

Cambiai discorso, dissi che poteva essere un virus, che non c'era nemmeno la febbre, che avremmo dovuto aspettare un giorno o due eventuali evoluzioni nella sintomatologia per una diagnosi più chiara, di non sottovalutare lo svenimento e di tornare immediatamente da me o di andare direttamente in pronto soccorso nel caso Fabiola fosse svenuta di nuovo. Le due donne si alzarono e uscirono salutando cordialmente, ma prima che si richiudesse la porta la madre rientrò in ambulatorio e chiuse la porta dietro sé, lasciando Fabiola nella sala d'aspetto. A tu per tu con lei, mi disse che effettivamente sospettava che Fabiola si inducesse il vomito, poiché spesso andava in bagno subito dopo aver mangiato con un'espressione di disgusto sulle labbra e le mani al ventre.

Mi disse che la figlia aveva spesso capogiri e nascondeva delle barrette dietetiche nei cassetti della sua stanza. Mi rivelò che era stata lasciata dal fidanzato, sei mesi prima. Le dico di non preoccuparsi, ma che onestamente sospettavo anche io fosse in un principio di anoressia, le cause della quale andavano meglio comprese.

Le lasciai il biglietto da visita di Chiara, la psicologa che viene il giovedì in ambulatorio, e feci una carta con due righe di accompagnamento. Ci salutammo con la promessa di darci notizie. Dopo due mesi circa venne da me Chiara, mi chiese di parlare un po' di Fabiola, le dissi che ero felice di avere novità. Chiara mi confessò che aveva chiesto e ottenuto da Fabiola di andare in cura da Claudio, il nostro amico psichiatra, perché lei da sola non ce la faceva a sostenere il caso.

Mi raccontò che Fabiola aveva mostrato i segni di una relazione assai conflittuale con la madre; inoltre, aveva fantasie sessuali con il padre: le riferì che aveva il dubbio quasi immaginario di non essere più vergine perché l'aveva deflorata, ma non ricordava con esattezza e la cosa non sembrava avere nessuna relazione con la realtà.

Quel che era peggio, Fabiola aveva più volte espresso desideri di morte. Chiara mi confessò che non si sentiva sufficientemente distaccata, che Fabiola le ricordava qualcosa, seppur vagamente, della propria giovinezza. Mi disse che riteneva giusta una terapia farmacologica psichiatrica di attacco e una psicoterapia, ma solo successivamente.

Le risposi che, per quel poco che valesse la mia opinione in merito, ero assai d'accordo con le sue decisioni. La ringraziai moltissimo per i suoi sforzi e le dissi che, se non avesse avuto nulla in contrario, avrei chiamato Claudio direttamente, per avere novità. Tornai in ambulatorio e me ne stavo in silenzio, pensieroso, quando mi tornò in mente l'incipit del romanzo "Aden-Arabia", di Paul Nizan, che faceva più o meno così: "avevo vent'anni, e non permetterò a nessuno di dire che questa è la più bella età della vita".

Il cibo che fa paura

La bulimia è un disturbo alimentare caratterizzato dall'ingestione, a volte rapida e ripetuta, di cibo, di solito in grande quantità, seguita dal tentativo di liberarsi da quanto ingerito attraverso il vomito auto indotto o l'assunzione di lassativi.

Tendenzialmente la persona mangia in modo estremamente vorace, dando luogo ad una vera e propria abbuffata in cui vive la sensazione di una totale perdita di controllo. Mentre mangia non è in grado di porre alcun freno a questo bisogno spasmodico di inghiottire e continua ad ingurgitare tutto quello che le capita sotto mano, a volte anche in assenza di un vero appetito e senza la possibilità di provare lo stimolo di sazietà.

Questo problema interessa soprattutto giovani donne apparentemente ossessionate dalla loro forma fisica e dal controllo del peso corporeo. In realtà, come emerge dal caso di Fabiola, alla base di questo disturbo vi è un enorme bisogno d'amore e la contemporanea, paradossale, necessità di rifiutarlo.

Le ragazze che soffrono di bulimia seguono spesso uno schema di rapporti familiari (in particolar modo con la madre) e relazionali di tipo controverso: il cibo, simbolo di nutrimento e amore materno, viene prima divorato con avidità e poi intimamente rifiutato, proprio perché simbolo di una figura affettiva ambivalente (generalmente la figura materna) con la quale si vive un forte conflitto.

La voracità di Fabiola e di tutte le persone che soffrono di questo disagio, si manifesta con abbuffate incontenibili, durante le quali la persona prova due sensazioni contrastanti: una soddisfazione e un appagamento immediati, ma brevissimi, in cui per un attimo si ha la sensazione di vivere la bellezza dell'incanto, dell'amore o della pienezza affettiva.

A queste abbuffate segue immediatamente il rifiuto e il desiderio di allontanamento dal cibo ingerito che rappresenta la figura materna prima di tutto e ogni possibile oggetto d'amore. Il deciso rifiuto di quanto è stato appena "portato dentro di sé" fa scattare l'impulso al vomito che offre un improvviso ma appagante senso di pulizia interiore, di autonomia e anche di identità, intesa come delimitazione di sé dal mondo.

Tale schema viene solitamente portato nei rapporti personali affettivamente importanti: la persona bulimica trascina l'altro nella relazione in un modo che potrebbe essere definito vorace, lo assorbe nel suo mondo per poi espellerlo non appena la relazione si fa più profonda (in un parallelo con il vomito che evita il vero assorbimento di cibo).

Oggi la bulimia e l'anoressia, patologie differenti che si sviluppano sulla base del medesimo conflitto con il "materno", stanno diventando sempre più i contenitori di problemi giovanili, la soluzione che più facilmente si innesca nelle ragazze di fronte allo smarrimento esistenziale e una forma attraverso cui vengono espressi i problemi adolescenziali.

Ma perché si verifichi, alla base c'è quasi sempre un rapporto difficoltoso con il mondo delle origini, con le radici, con la madre.

Lo specchio di Rolando

Rolando P. è una vecchia conoscenza. Dermatologi, endocrinologi, pomate, saune, terme, nulla è valso un miglioramento del suo eczema. Una specie di impronta di sberla che ha su entrambe le guance e un rossore diffuso e marcato su tutto il corpo, impressionante per estensione e colore.

Non è il solo caso di eczema resistente alle terapie che mi è capitato in ambulatorio, ma Rolando è una speranza, poiché è persona aperta, incline a scrutare l'abisso delle proprie zone mentali rimaste in ombra. Per vivere fa l'informatore farmaceutico e assume farmaci spesso e volentieri, non ha remore in proposito, al contrario di me che per le medicine ho una specie di fobia. Uomo curioso, aperto, vivace, Rolando non ne può più di questo suo fastidio che a periodi si ripresenta implacabilmente, anche per due o tre settimane di seguito. Quest'anno gli è successo tre volte. Leggiamo articoli a riguardo, che ci scambiamo, discutiamo liberamente con Chiara, la psicologa che viene il giovedì in ambulatorio: lei ci dice che raramente ci rendiamo conto dell'importanza della pelle, che è l'organo più grande del corpo umano.

Essa costituisce infatti il rivestimento esterno dell'essere umano, il suo involucro, il suo confine ed è tramite essa che si sviluppano molti contatti; la pelle serve insomma da mezzo di comunicazione - ci permette di valutare gli altri e di inviare messaggi visivi o olfattivi - oltre che da protezione nei confronti del mondo esterno. Chiara ci rende edotti del fatto che i disturbi della pelle sembrano segnalare che il confine con il proprio ambiente non è più in equilibrio. In assenza di qualsiasi condizione psicopatologica, la pelle va considerata per la sua natura: il più importante organo di espressione emotiva; nessun altro organo reagisce tanto rapidamente allo stress emotivo quanto la pelle. Rolando era rimasto assai colpito da alcune letture che ci propose, che dimostravano che la pelle origina dallo stesso foglietto embrionale, l'ectoderma, dal quale si formano tutte quelle strutture che mantengono i contatti con il mondo esterno: il sistema nervoso centrale e periferico, gli epiteli sensoriali dell'orecchio, dell'occhio, del naso, l'epidermide ed i suoi annessi (i capelli, le unghie, le ghiandole mammarie). Chiara propose una serie di incontri settimanali per chiarire quale causa ambientale stimolasse talmente Rolando da rendergli necessario dotarsi di una schermatura; questi incontri avrebbero permesso una presa di coscienza del perché stava succedendo qualcosa alla sua pelle.

La sua teoria era che Rolando avesse difficoltà a riconoscere e dare voce alla rabbia, alla tristezza, alla gioia e che non riuscisse ad avere fantasie e rappresentazioni oniriche dei propri sentimenti. In altre parole voleva che Rolando imparasse ad accedere al proprio mondo emotivo acquisendo via via la competenza per saperlo comprendere, proprio come una lingua inizialmente sconosciuta.

Rolando e Chiara affrontarono assieme un periodo fatto di sedute psicoterapeutiche, durante le quali Rolando si iscrisse al poligono di tiro per armi sportive e a un corso di Taijiquan. L'ho incontrato al supermercato l'altro giorno. Dice che è un pezzo che il disturbo dell'eczema non si è ripresentato, mi racconta del gusto che prova nello sparare con una quarantaquattro magnum a tamburo, un'esperienza unica, assicura.

Dice pure che credeva che il Taijiquan fosse una ginnastica per rilassarsi e invece ha scoperto essere una violentissima arte marziale, solo che fatta a rallentatore. Sembrava rilassato e sorridente, parlava molto e volentieri, tanto che mi sono dimenticato di comperare il pane, l'affettato e le mele.

Le energie profonde emergono

La dermatite o eczema è una malattia della pelle, caratterizzata da uno stato infiammatorio che causa prurito, rossore, croste e desquamazione. All'origine di questo disturbo possono esserci allergie e intolleranze, agenti irritanti, fattori psicologici, stress o infezioni. L'eczema può interessare ogni zona del corpo manifestandosi con chiazze rosse, vescicole, croste e squame. Rolando soffre di eczema del volto, che a livello psicosomatico è il portavoce di tutte le emozioni "di fuoco" a cui la persona non dà spazio e che affiorano in superficie. La cute infatti può essere pensata un po' come la carta geografica del nostro generale stato di salute e le dermatiti rappresentano l'espressione di una battaglia interiore, un conflitto in cui alcuni confini sono attaccati o vanno ridefiniti. Lo schema di base è questo: la persona ha delle energie profonde che vorrebbero emergere, forze creative ed istintive (come la rabbia), oppure legate alla sfera della sessualità, dell'intimità, della socialità, ma "qualcosa" impedisce a tutte queste energie di manifestarsi.

Gli ostacoli possono essere rappresentati dalle paure, dai sensi di colpa, da nevrosi, fobie, timidezza, senso di inadeguatezza. Sentimenti ed emozioni che, seppur miscelati in modo diverso, sono in grado di bloccare questo flusso energetico che vorrebbe essere portato allo scoperto.

Queste forze creative se in un primo momento si sedimentano nelle profondità del corpo, cercano di emergere venendo alla luce là dove il corpo permette di sfogarsi in modo simbolico e significativo: sulla propria pelle. Qui le energie sommerse, da un lato hanno modo di affiorare, e dall'altro testimoniano un conflitto (l'infiammazione) presente a livello psichico. Il sintomo è quindi il risultato del fronteggiarsi di queste due forze che in qualche modo stanno ridiscutendo il confine della persona e la sua relazione con il mondo esterno. Rolando vive proprio questo conflitto interno.

Non riesce a esprimere tutta l'energia, l'emotività e i sentimenti che si generano al suo interno, e questi non possono fare altro che emergere a livello cutaneo.

La cintura di Livio

Livio S. ha il fuoco di Sant'Antonio. Quest'anno è la terza volta. Inizia con un formicolio, poi l'intorpidimento sotto le ascelle; dopo alcuni giorni, in quella stessa zona, che nel frattempo si è arrossata, compaiono grappoli di bollicine, che ricordano nell'aspetto quelle della varicella e si distribuiscono lungo il decorso dei nervi in cui il virus era nascosto: sul torace, lungo le costole. Si viene così a formare una mezza cintura, che gli stringe il petto. Livio non è più giovane e avevamo già fatto una batteria di analisi per stabilire eventuali patologie importanti in corso, come il tumore.

Ma per fortuna nulla era emerso. Non ha malattie importanti che possano compromettere il suo sistema immunitario e non si sottopone a cure massicce, come la chemioterapia e la radioterapia, per malattie pregresse. L'unica strada esplorabile resta quella emotiva. Livio ogni volta sperimenta un dolore intenso, continuo, penoso e alle volte così forte che la parte interessata, anche solo sfiorata lievemente, scatena violenti attacchi con contrazioni muscolari. In più, ha delle nipotine e ogni volta deve stare lontano da loro per lunghi periodi, per paura di infettarle attraverso l'aria respirata. Prescrivo dell'Idoxuridina al 5% e dell'Aciclovir in compresse da 800 mg, da assumere 5 volte al giorno ad intervalli di circa 4 ore, per dieci giorni.

Ma rimane il dubbio non tanto sul perché abbia lo zoster, ma sul perché quest'anno sia già la terza volta. Per fortuna Livio è un sessantenne simpatico e gioviale, abbiamo un rapporto assai diretto, quasi di amicizia, e si presta volentieri alle mie domande curiose sulla sua vita privata. Gli spiego i miei dubbi e gli chiedo di essere franco, che nulla potrà trapelare dal mio dovere di uomo e dal segreto professionale di medico. Allora Livio, dopo qualche iniziale reticenza, si confessa aprendosi completamente: vuole fugare qualsiasi dubbio, mi confessa che ha paura delle malattie veneree.

Gli chiedo come gli venga in mente la possibilità di contrarre una malattia venerea. Mi risponde che ha un'amante da più di un anno, si chiama Helena. Una donna ucraina poco più giovane di lui, impiegata presso la casa di alcuni amici, dove l'ha conosciuta. Quando Livio racconta di Helena gli si accendono gli occhi. Dice di essere rinato e che si diverte molto, racconta delle loro gite in scooter, come fossero adolescenti alle prime armi. Fa piacere vederlo felice, eppure qualcosa nel racconto ha una velatura scura, un'ombra che non convince. Più di una volta confessa di sentirsi sotto stress, per risultare all'altezza della donna amata e, soprattutto, confessa di sentire un fortissimo senso di colpa nei confronti della moglie, che non sa nulla. Io lo ascolto con moltissimo e sincero interesse, sorrido, capisco quanto questa avventura sia importante per lui. Tento di rassicurarlo dicendogli che non rischia nulla sul piano venereo, ma che si può fare un test, nel caso per lui fosse un dubbio importante da sciogliere. Lo rendo edotto dei metodi del sesso sicuro usando le stesse parole e i toni che userei per un adolescente. Gli dico di rilassarsi, di stare tranquillo, e di valutare se sia il caso o meno di chiarire con la moglie, ma che, a mio modesto parere, non è obbligatorio.

Gli confesso che l'unico fastidio vero, un segnale da non sottovalutare è proprio quel dannato zoster, dovuto probabilmente al surplus di fatica fisica ed emotiva e al senso di colpa. Eppure, mi rendo conto di non poter aggiungere molto, di non avere veri consigli da dare. Ho letto che lo zoster può avere una valenza simbolica, di redenzione dai sensi di colpa scatenati dalla libertà dei costumi o dei pensieri. Ma io cosa posso farci? Ingenuamente, penso che saprà ben lui quale è il bilancio personale fra il piacere e la sofferenza, nel vivere questa sua nuova storia d'amore. Sono solo un umile medico di famiglia io, e non ho ancora i doveri del curato; almeno spero.

Il senso di colpa rimosso

Herper zoster è il nome scientifico che indica la malattia comunemente nota come fuoco di Sant'Antonio. È causata dall'infezione del virus della varicella, che colpisce le radici nervose a vari livelli, dai nervi encefalici (come il trigemino) a quelli spinali che innervano il tronco.

Ciò provoca forti dolori, che si diramano alla zona della pelle corrispondente al nervo colpito, dove si formano vescicole ed eritemi. Da un punto di vista psicosomatico l'herpes zoster indica la presenza di un conflitto rimosso che riaffiora in superficie. L'insorgenza dell'herpes zoster è dovuta alla riattivazione di un virus già presente nell'organismo da molti anni ma che non è mai stato completamente sconfitto dal sistema immunitario.

Questa caratteristica conduce direttamente al nucleo simbolico della patologia: qualcosa che abbiamo vissuto in modo conflittuale (sovrapponibile, per analogia, all'entrata nell'organismo del virus) e che abbiamo rimosso, ma non eliminato dalla nostra coscienza (che corrisponde alla persistenza silenziosa del virus nel sistema nervoso), sta ora riemergendo in modo aggressivo e prepotente per imporsi alla nostra attenzione.

Livio sta vivendo il riaffiorare di un forte senso di colpa nei confronti della propria moglie, che lui stesso aveva messo a tacere all'inizio della relazione con l'amante, ma che ora si ta manifestando con prepotenza. Nella maggior parte dei casi la comparsa dell'herpes zoster indica che nella vita della persona è accaduto qualcosa in qualche modo legato a un conflitto rimosso.

Molto spesso si tratta di una passione "ancora una volta" non corrisposta, oppure di un forte senso di colpa che riemerge prepotentemente, di una nuova, grande contrarietà inespressa, di un'umiliazione subita e non rivendicata, di un lutto o di una separazione mai accettati.

La causa scatenante potrebbe anche riguardare una situazione che innervosisce fortemente, un prolungato abuso della propria pazienza o l'impossibilità di vivere un sentimento coinvolgente. Livio sta vivendo proprio questo conflitto: se da una parte prova un senso di colpa nei confronti della coniuge, dall'altra sente anche il forte desiderio di non rinunciare al nuovo amore. Il virus dell'herpes zoster, approfittando del momento di debolezza dell'organismo dovuto allo stress, crea un varco e permette alla tematica inconscia di affiorare. In tal senso lo zoster emette un "urlo di fuoco": un grido che può essere, a seconda dei casi, di dolore, di rabbia, di passione o di ribellione.

L'herpes zoster, in quanto riattivazione di uno schema già vissuto in precedenza, riguarda nella maggior parte dei casi individui che vivono la seconda metà della vita. Combattere l'herpes zoster con i farmaci senza cambiare nulla nella propria quotidianità rischia di spingere questa grande energia, che pretende di affiorare, sempre più in profondità.

Per questo si rivela utile dare spazio alle emozioni profonde, imparando a manifestare ciò che si prova.

È necessario evitare di tenere tutto "dentro", dar voce al proprio "fuoco interiore" eliminando i modelli mentali che ingabbiano le energie: l'emotività e la creatività sono sempre elementi curativi fondamentali a cui si deve dare il permesso di emergere nella quotidianità. Solo così questo disturbo potrà risolversi in modo positivo.

Il mal di capo del sindaco

Franco L. è il sindaco di un paesino qui vicino. È un giovane ingegnere civile che si è dedicato alla propria comunità pur continuando la propria pratica professionale di ingegneria edile: progetti di ampliamento della metratura di un tetto o di un balcone, costruzione di un fienile o di un pozzo; Franco stima la fattibilità e firma le autorizzazioni necessarie.

Quella del sindaco anche non è pratica facile: accontentare tutti, limitare gli sprechi, amministrare la logistica urbana, occuparsi dei poveri e dei malati. Quest'anno ci si è messa pure la più grande nevicata degli ultimi trent'anni. Ma Franco, sebbene poco più che trentacinquenne, tiene testa a tutti gli impegni, con precisione e dedizione. Il fatto è che un mal di testa persistente e acuto gli rovina l'esistenza almeno una volta alla settimana, per molte ore. Abbiamo provato un po' di tutto: nimesulide, paracetamolo, corticosteroidi, una Tac di controllo, visita neurologica, esami di laboratorio a non finire, ma nulla.

La causa è sconosciuta. Non sembra nemmeno legata a qualche pensiero particolare o a una situazione, il che rende le cose un poco più difficili. Franco è un uomo colto e intelligente, non ho dovuto insistere per convincerlo a farsi una chiacchierata con Chiara, il giovedì.

Una seduta a settimana, dopo tre mesi sono emersi alcuni aspetti interessanti, a detta di Chiara, uno dei quali ha voluto condividerlo con me: Franco soffriva particolarmente la madre; in particolare il suo desiderio pressante che lui si sposasse al più presto e le facesse un nipotino. Sembrava esserci in lui un qualche tipo di aggressività repressa, forse dovuta all'ambiente familiare. Franco infatti, per la propria cultura di origine - molto credente e a modo - non poteva ammettere di nutrire desideri di rabbia verso i genitori.

Secondo Chiara, la difficoltà di gestire tale situazione sfociava in una cefalea terribile perché tremendo era il conflitto di Franco fra la sua parte completamente in accordo con la madre, per la fondazione di una famiglia e di una stabilità affettiva nel nido, e le mire narcisistiche e arriviste di Franco, che fanno anch'esse parte integrante della sua personalità di uomo e che, più o meno consciamente, non voleva assolutamente trascurare. Era combattuto fra i valori morali e il suo desiderio profondo di auto-affermazione.

Discutendo con Chiara, ero d'accordo che Franco avrebbe dovuto prendere coscienza di tutto ciò e fare una scelta. Si poteva fare un tentativo: se la cefalea fosse passata allora significava che quelle di Chiara erano le giuste ipotesi e la scelta di Franco quella più adeguata per sé. Chiara ne parlò con Franco, che smise di andare da lei per prendersi un periodo di pausa di riflessione su ciò che avevano scoperto assieme, periodo di pausa che, a distanza di un anno e mezzo, ancora perdura.

Nel frattempo però Franco si è sposato con Luisa, la ragazza con la quale era più o meno ufficialmente fidanzato e aspettano un figlio.

Le buche del paesino sono un po' trascurate in questo momento e i progetti di costruzione affidati sempre più spesso a un altro ingegnere. Io per adesso non gli ho ancora prescritto un solo antidolorifico per il mal di testa.

Può darsi solo che abbia cambiato medico e psicologo, e che per questo sia guarito.

L'ingorgo di pensieri

Questo tipo di disturbo può avere cause diverse: posturali, vascolari, ormonali, alimentari, da stress, genetiche e psico-emotive. La cefalea ruota attorno al simbolo del capo come contenitore della coscienza e spesso sopraggiunge quando i pensieri si fanno numerosi e troppo pesanti, quando le responsabilità, gli impegni e le decisioni importanti sono al centro della scena individuale. L'approccio al mondo di chi soffre di cefalea è esclusivamente mentale: confida nell'analisi e nell'autocontrollo, nella razionalità mantenendosi alla larga dalle emozioni e dai sentimenti. Le persone che soffrono di cefalea in realtà sono tutt'altro che fredde: nel tempo tendono a sviluppare una razionalità debordante proprio per difendersi da una natura emotiva e passionale che temono e non riescono a padroneggiare.

Questo modo di vivere può provocare conflitti inconsci causati da pulsioni ed emozioni molto intense che vengono represse, ma che premono per esprimersi fino al punto in cui la tensione interna, troppo alta, viene scaricata attraverso l'insorgere di una crisi di cefalea. Le fitte del mal di testa sono quindi una sorta di lamento della mente, che vorrebbe liberarsi dalla camicia di forza dei pensieri, dalle responsabilità e dalle preoccupazioni che l'eccesso di razionalità le procurano.

La cefalea, nonostante le diverse forme in cui può manifestarsi, ha un denominatore comune: l'ingorgo di pensieri. Attraverso questo dolore il corpo segnala che la dimensione della coscienza, della vigilanza e dell'analisi sta cercando di prendere il sopravvento sull'emotività e che l'equilibrio psicofisico risulta fortemente sbilanciato verso una razionalità predominante, che minaccia la sfera emotiva.

I sintomi principali di questo disagio parlano chiaro: sentirsi la testa dolente indica sovraccarico di pensieri, di preoccupazioni e segnala la presenza di contenuti inconsci e istintuali che pre-

mono per esprimersi a causa di una eccessiva razionalità, mentre una parte di sé soffre e non accetta di essere soffocata. La storia di Franco è un caso esemplare di questo conflitto interno; pur essendo giovane l'uomo impegna la maggior parte del tempo e delle energie in ambiziosi progetti lavorativi.

È estremamente serio, preciso, irreprensibile: gli impegni sembrano avere la priorità su tutto. Ma allo stesso tempo affronta una lotta intestina: da una parte ha un forte interesse per i propri progetti, dall'altro vive il profondo desiderio di avere una relazione sentimentale e crearsi una famiglia.

Questa guerra con se stesso porta Franco a sviluppare un'insistente forma di cefalea. Il suo disagio a livello simbolico non è altro che la risposta della sua parte sana e vitale all'eccessivo sbilanciamento mentale a scapito della sfera emotiva e corporea. La cefalea si è fatta portavoce del vero volto di sé, il quale altrimenti non avrebbe trovato spazio nella sua quotidianità.

Troppo spesso tutto ciò che conta è soddisfare le esigenze della mente, togliendo ogni spazio al gioco, all'amore, allo svago, alla creatività, rinunciando volontariamente a vivere una vita piena e soddisfacente.

I punti fermi di Antonello

Antonello M. è un uomo di mezza età che soffre di labirintite. Ha le vertigini molto spesso e, seppur di entità talmente lieve da non inficiare la sua attività lavorativa e la sua vita di relazione, gli è preclusa la possibilità di rilassarsi e godere appieno della propria esistenza.

Antonello dice di aver visto ridurre la sua spontaneità, i viaggi e una serena vita domestica, per la paura di avere un attacco da un momento all'altro. Ci siamo rivolti al neurologo e all'otorinolaringoiatra, i quali hanno prescritto analisi ed esami diagnostici. Nulla. Tutto normale, sul piano fisiologico e anatomico. Ma le vertigini non cessavano.

Prescrissi betaistina dicloridrato in compresse da 24 mg due volte al giorno e iniezioni di clorfenamina maleato e furosemide durante gli attacchi di labirintite vera e propria, quelli che gli causavano anche il vomito.

Ma non mi davo per vinto. Non potevo cedere all'idea che, non sapendo le cause di tali vertigini, il paziente fosse condannato a una terapia cronica, per tutta la vita.

Antonello è un uomo sensibile e colto, mi convinsi che avrebbe certamente accolto qualche consiglio da Chiara, la nostra psicologa. Chiara e Antonello fecero un percorso psicoterapeutico per un paio di mesi, alla fine del quale si ebbe un primo e superficiale quadro della situazione. Secondo Chiara, la vertigine di Antonello richiamava in chiave simbolica una mancanza di punti di riferimento affettivo che originava dall'infanzia, quando i genitori di Antonello avevano divorziato, con conseguente sparizione del padre. Antonello descriveva il padre come una persona instabile emotivamente e molto squalificante e giudicante. Trattava Antonello da scemo e non aveva alcuna fiducia nel figlio. Antonello aveva così passato la vita a cercare conferme, nell'insicurezza della propria personalità, che aveva paura coincidesse con quella del padre. Chiara mi spiegò che la vertigine può essere simbolo della paura della novità e della difficoltà della persona a strutturare un equilibrio interiore stabile; nel caso di Antonello, probabilmente quel sintomo manifestava la paura di non essere all'altezza di situazioni varie e di obiettivi troppo elevati per le sue possibilità. Chiesi a Chiara cosa avremmo potuto fare per far passare le vertigini ad Antonello, lei mi rispose che lui solo poteva prendere coscienza del suo problema, se avesse voluto, e decidere di far evolvere questo aspetto della propria personalità verso un luogo più ampio e confortevole per sé. Aspettai, dunque, che fosse Antonello a farsi avanti.

Un giorno venne a farsi fare la prescrizione per le compresse contro le vertigini. Mi ringraziò del consiglio di andare da Chiara, con la quale avevano deciso di non continuare la terapia psicologica. Disse che dormiva con un solo cuscino, ora, come se io avessi dovuto interpretare tale segno come indicazione di miglioramento. Forse lo era, magari prima dormiva con quattro cuscini e non poteva abbassare la testa, mi dissi, e annuii come per confermare che si trattava effettivamente di un segno di miglioramento. Disse inoltre che la prescrizione della betaistina dicloridrato era per sicurezza, che non sapeva se a Trani, in Puglia, dove stava andando in vacanza con la moglie, avrebbe trovato questo farmaco che gli faceva tanto bene. Mi ricordai di una pizzeria di Vieste, sul Gargano, dove facevano una pizza con i peperoni e le cipolle che era la fine del mondo. E sorrisi.

Un'instabilità generale

Le vertigini sono delle percezioni sensoriali distorte accompagnate dalla sensazione di perdere l'equilibrio. Tutto intorno sembra oscillare, ci si sente vacillare, sbandare.

L'impressione è quella d'instabilità generale e difficoltà a rimanere in piedi. L'origine organica del disturbo può risiedere in disfunzioni degli apparati preposti al mantenimento dell'equilibrio e dell'orientamento. Questo disagio da un punto di vista psicosomatico ha due significati importanti. Il primo riguarda l'espressione di un mondo istintuale che si ribella alla testa e al suo eccesso di controllo. La comprensione del simbolismo legato alle vertigini si basa sull'osservazione di ciò che viene messo in discussione durante la crisi: la postura eretta e la vista.

La posizione diritta rappresenta simbolicamente il predominio della razionalità sul mondo delle passioni, l'essere esageratamente sbilanciati verso il mentale, la moralità o la spiritualità. Il disturbo cerca allora di riportare la persona con i piedi per terra, richiamandola verso il basso: la concretezza dell'esistenza. Chi soffre di vertigini spesso vive in modo cervellotico, razionale, lavora molto di testa nel tentativo di controllare le pulsioni, allontanandosi sempre di più dalla base istintuale originaria e perdendo la capacità di relazionarsi con la parte più profonda di sé. Nonostante il controllo esercitato, le emozioni e gli istinti ad un certo punto riescono a prendere il sopravvento facendo traballare tutto il sistema basato sul controllo razionale.

Il mondo governato dalla testa e dal pensiero non riesce più a tenere sotto controllo la vitalità delle pulsioni, le quali si ribellano attraverso il sintomo. Le vertigini rappresentano dunque l'insurrezione del mondo emotivo.

E questo può far vacillare; non solo non si riesce a stare in piedi e gira la testa, ma persino la vista si annebbia. L'instabilità dello sguardo su ciò che ci circonda indica che è ora di slegarsi dal punto di vista razionale per ristabilire un nuovo equilibrio e un nuovo punto di vista su se stessi e sulla realtà. Il secondo aspetto simbolico legato alle vertigini si riferisce a situazioni di dipendenza da una figura di riferimento.

Quando viene a mancare l'appoggio dell'altro ci si sente disorientati, destabilizzati sia fisicamente che psichicamente e le vertigini che sopraggiungono rappresentano proprio questo disagio da mancanza di sostegno. Questo sintomo a volte si presenta quando improvvisamente vengono meno le abitudini quotidiane e il panorama della vita si modifica significativamente, in modo veloce e obbligato. Un cambiamento lavorativo, la fine di una relazione sentimentale, un trasloco indesiderato, sono solo alcuni esempi di scenari ai quali può essere difficile adattarsi. Ci si sente improvvisamente mancare la terra sotto i piedi, il cammino esistenziale diventa incerto, traballante, e le vertigini, con la loro instabilità, testimoniano l'incertezza del momento, nonché il bisogno di ricreare una nuova stabilità. La storia di Antonello esprime pienamente il significato simbolico di questa patologia. Durante l'infanzia l'uomo ha vissuto la separazione dei genitori come perdita di punti fermi, mancanza di un sostegno stabile e di riferimenti certi.

Questa difficoltà è rimasta silenziosa per anni e infine non ha trovato altro modo di uscire allo scoperto se non attraverso il sintomo. Questo disagio può essere occasionale e riguardare una momentanea perdita di fermezza dovuta a eventi transitori destinati a risolversi. Diversa è invece la situazione di chi soffre cronicamente o ciclicamente di questo disturbo, come il paziente preso in esame.

In questo caso si tratta di persone costantemente combattute tra la tendenza a dare ascolto ai propri impulsi e il tentativo di controllarli, gestirli o reprimerli. In genere, sono individui dotati di una vivacità mentale molto spiccata ma vissuta in modo rigido e cerebrale. Tendono a opporre resistenza ai cambiamenti, sono perlopiù abitudinari e conservatori, diffidano delle novità e preferiscono mantenere la propria posizione anche quando questa non è particolarmente soddisfacente.

Poiché le vertigini esprimono in modo così lampante le esigenze della nostra natura più autentica, è necessario riflettere sulla qualità della nostra vita, su quanto e come si riescano a vivere i propri desideri, le proprie fantasie sessuali, su quanto ci venga spontaneo esprimere le nostre emozioni.

Rispondere a queste domande e usarle per fare un bilancio del nostro modo di vivere la quotidianità può rappresentare l'occasione di orientarsi diversamente e di trovare un nuovo equilibrio. Sul piano sintomatico, quale che sia la causa delle crisi vertiginose, è fondamentale non affrontare il problema con la stessa rigidità che lo ha favorito. La vertigine non va combattuta, ma va depotenziata attraverso la disponibilità ad accogliere il senso di quanto sta esprimendo.

Creare degli spazi personali nei quali si riesca ad essere ciò che si vuole, fare posto, all'interno della normale quotidianità, a qualche emozione trasgressiva senza cadere nella tentazione di programmare e definire tutto senza lasciare nulla al caso è importante per poter ricreare degli spazi in cui essere veramente spontanei e autentici.

Marzia la vigile

Marzia R. soffre di insonnia. Ma non sempre, in alcuni periodi e in particolare quando va in vacanza con il marito e i due figli piccoli. Prescrivo benzodiazepine in gocce e chiedo di usarle per un breve periodo, per i noti rischi di assuefazione e dipendenza, e anche di cercare con calma le cause profonde e reali del suo addormentarsi a fatica.

Mi documento un poco e leggo che il sonno è stato paragonato ad una piccola morte. Chi soffre di insonnia ha difficoltà a morire ogni giorno, non accetta l'alternarsi del giorno e della notte, di cui hanno bisogno il corpo e la mente per potersi rigenerare. L'insonnia rappresenta la difficoltà a lasciarsi andare, a lasciare la vita cosciente per abbandonarsi all'inconscio, in un tentativo di restare aggrappati alla realtà della vita quotidiana che abbiamo lasciato o che deve arrivare con il nuovo giorno. In effetti, Marzia è una persona sempre in movimento, sempre impegnata, con notevoli difficoltà a delegare e a staccarsi da pensieri che circolano continuamente nella sua testa. Non riesce a lasciarsi andare neppure di notte e probabilmente tenta di portare con sé, nel mondo del sonno, tutto quello che appartiene alla sua esistenza diurna. Quando parla con me sembra soffrire di insoddisfazione ed attese malriposte nei confronti di un ambiente lavorativo non stimolante per lei. Inoltre si lamenta un poco del marito, di cui sembra soffrire l'indifferenza nei suoi confronti. Marzia talvolta sembra non riuscire ad affrontare i problemi quotidiani, viene presa dall'angoscia di non essere all'altezza. Almeno così sembra, per quel poco che capisco io. Fatto sta che nei suoi discorsi è sempre presente una punta di amarezza e un certo qual timore a lasciarsi andare: una certa sudditanza alle prevaricazioni del marito, addirittura. Chiedo lumi a Chiara, alla quale invio Marzia con piacere e fiducia per un consulto psicologico. Marzia lì per lì sembra riluttante, ma poi accetta. Chiara mi riferirà poi che è sempre andata da lei con grande discontinuità; sono riuscite a fare pochi colloqui: da quel poco che è riuscita a cogliere della sua personalità, le sembra che Marzia fondamentalmente tema di incontrare le emozioni profonde trattenendole sotto controllo durante il giorno. La notte però le emozioni riemergono e Marzia tende a riflettere ossessivamente su ciò che le è accaduto interiormente, sul piano affettivo, fissandosi soprattutto sui sentimenti negativi: tristezza, rabbia, paura, timore di non riuscire a invecchiare serenamente. Ma non c'è ancora un quadro netto, troppo poche sedute e mal gestite. Chiara però un'idea l'ha formulata, pensa che Marzia probabilmente tema più di ogni altra cosa di invecchiare e abbia una paura smodata della morte, ma non ancora al livello cosciente.

Marzia insomma è refrattaria alla psicoterapia e alle sue verità, e non si fa vedere - tanto da indurre Chiara a sospendere definitivamente gli appuntamenti con lei. Pazienza, mi dico. La notte però, quando non dormo, talvolta ripenso a Marzia immaginando che in quelle poche sedute avute con Chiara non avrà forse del tutto compreso, ma almeno avrà intuito di cosa soffre; mi dico che un seme è stato gettato e starà poi a lei capire quando sarà il momento di portare alla coscienza le proprie verità. Succederà quando si sentirà finalmente pronta. E prima di spegnere la luce e i pensieri, stasera dieci gocce di benzodiazepine anch'io, e buonanotte.

Non volere lasciarsi andare

L'insonnia è un disturbo del riposo notturno che può riguardare sia la qualità che la quantità del sonno. Le cause dell'insonnia sono soprattutto psicologiche, ma non vanno trascurati i casi dovuti a patologie organiche, quali per esempio, ipertiroidismo e disturbi digestivi.

In termini psicosomatici l'insonnia rappresenta la resistenza della coscienza diurna che non vuole cedere alla notte. In molte tradizioni, il sonno è stato paragonato a una "piccola morte" che avviene ogni giorno della nostra esistenza e di cui non è possibile fare a meno poiché il nostro organismo ne ha bisogno per sopravvivere. In questa analogia tra sonno e morte si può rintracciare il simbolo centrale di questo disturbo, ossia la difficoltà a morire ogni giorno per rinascere, ad accettare l'alternarsi della luce e del buio, di cui sia il corpo che la mente hanno assoluta necessità. È come se la persona non permettesse al "sonno-morte" di prendere il sopravvento.

L'insonnia rappresenta la difficoltà a lasciare andare gli eventi della giornata trascorsa, la forte resistenza a perdere momentaneamente la nostra identità, il nostro stato di vigilanza e il controllo sulla realtà. Marzia rappresenta un caso emblematico di questa fatica ad accettare il trionfo della notte.

Se addormentarsi equivale a distanziarsi dalle cose che accadono, Marzia (come la maggior parte degli insonni) rimane fortemente ancorata alla propria dimensione cosciente, a ciò che lei è e vive durante il giorno. Per questo motivo, spesso molti insonni non rinunciano, nel tentativo di prendere sonno, ad avere in sottofondo il suono rassicurante di radio e televisione o al bagliore di una luce soffusa: vogliono continuare a sentire e quindi in qualche modo a essere, a percepirsi vivi. Nell'insonnia le paure inconsce giocano un ruolo chiave: il timore più importante è quello di entrare in un mondo sconosciuto, buio e misterioso, quello notturno, dove si incontrano passivamente le ombre e le profondità dell'anima.

Questo significa che l'insonne ha perso (o non ha mai sviluppato) una familiarità con la propria dimensione interiore. Alla base vi è di solito un modo di vivere che ha rimosso o soffocato l'emergere dell'istinto, di conseguenza viene meno il contatto con le proprie parti nascoste, con le proprie zone d'ombra delle quali la notte è il simbolo principale.

Un altro aspetto dell'insonnia (in particolare la difficoltà di addormentamento) è rappresentato dalla volontà inconscia di non voler cedere al sonno perché si sente che la giornata non è stata vissuta veramente appieno: si sono fatte molte cose in modo automatico e per le altre persone.

Sono stati assolti compiti e doveri, ma non si è dato il giusto spazio a noi stessi. Simbolicamente, non si vuole dormire perché si vorrebbe prolungare la veglia, per avere un'altra possibilità di esprimersi e di fare ciò che viene dai desideri profondi.

La figlia di Sofia

Sofia T. viene da me per un mal di testa fortissimo. Ogni tanto è costretta a vomitare, mi dice, per il dolore. Non ha cervicalgia, non presenta alcuna patologia importante nemmeno sulle immagini della Tac del cranio e del rachide, fatta mesi addietro.

Niente da rilevare per il neurologo, interpellato subito dopo la Tac. Nulla sul piano strettamente organico; ma basta parlare un poco con Sofia per capire quanto sia depressa. Persino io che non sono esperto lo capisco.

Mi convinco che la conosco abbastanza per dirle finalmente cosa penso, e glielo dico. Sofia è una donna intelligente, apprezza la sincerità, sa che è per il suo bene. Si confida con me come non aveva mai fatto prima: mi racconta che apre il frigorifero e ingurgita tutto quello che trova e poi esce e si prende anche il gelato o la pizza, che ci sono giorni che non riesce a smettere di mangiare.

Qualche volta riesce a vomitare subito dopo, ma più spesso si tiene tutto dentro e ingrassa molto. Dice di sentirsi al limite, passa la vita a fare ginnastica per dimagrire e a mangiare forsennatamente per poi piangersi addosso subito dopo. Un inferno, racconta. Le chiedo come sia la vita privata, il lavoro, la famiglia. Mi confessa che ha una figlia avuta da un matrimonio naufragato anni prima. Vive da sola con lei. Il marito era nato in Marocco ed è rientrato al suo Paese, dopo il divorzio. La figlia fa la spola fra le due famiglie e i due Paesi. Sofia racconta di fare un lavoro che non ama affatto. Piange, mentre mi racconta di quanto ami sua figlia Mara, che ha quattordici anni; ma confessa che in certi giorni desidera che la figlia non sia mai nata, che non esistesse, per tornare alla sua vita amorosa con qualcuno. Vivono in un posto piccolo, aggiunge, e la gente legge nel volto della figlia la colpa della madre, - proprio così mi dice, con queste parole. Provai a rincuorarla, con i miei pochi mezzi.

Le spiegai che per il mal di testa poteva prendere del paracetamolo ogni sei ore, ma che le cause probabilmente erano da ricercare altrove. Le chiesi di vedere Chiara il giovedì, in ambulatorio. Sofia non sembrava convinta, ma prese il biglietto da visita di Chiara e salutò ringraziando. Qualche tempo dopo Chiara mi disse che si erano incontrate e avevano concordato assieme un ciclo di psicoterapia.

Mi ha spiegato che, in generale, chi soffre come lei di questo tipo di malesseri è tormentato continuamente da forti sensi di colpa, si rimprovera costantemente di qualcosa tentando di rimettere a posto le cose in modo artificiale, ma che in realtà vive nel passato ed è incapace di proiettarsi in un futuro.

In Sofia c'erano ancora troppa rabbia e aggressività, che non trovavano sfogo all'esterno e che lei rivolgeva contro se stessa e il proprio corpo. Sembrava incapace di affrontare una nuova fase della propria vita, ma era una donna forte e in gamba; Chiara aveva fiducia in lei, nelle sue capacità di scioglimento degli antichi rancori e nella possibilità di dinamizzazione verso nuovi orizzonti. Era solo questione di tempo, disse. Tanto più che la figlia sarebbe presto cresciuta abbastanza da permetterle maggiore autonomia. E io mi rassicurai, non avevo dubbi che se lo diceva Chiara c'era da crederci; ero felice che aiutasse Sofia ad aumentare il grado di coscienza di se stessa. A quanto ne so oggi, Sofia ha già cambiato lavoro. Io invece faccio ancora il medico di famiglia.

Una vita pesante

Il sovrappeso è un eccessivo aumento ponderale dovuto all'accumulo di grasso corporeo causato dallo squilibrio tra la quantità di cibo consumato e il numero di calorie utilizzate. Vari disturbi organici possono favorire il sovrappeso ma anche diverse forme di disagio psichico come la bulimia, l'ansia e la depressione. A livello simbolico questo aumento di peso esprime un sovrappiù di energie inespresse che rimangono intrappolate nel corpo. Da un punto di vista psicosomatico, i chili in eccesso esprimono una profonda insoddisfazione esistenziale. È insolito infatti che una persona che sente di vivere pienamente la propria esistenza e consideri appagante il proprio stile di vita abbia questo tipo di problema. Se la sensazione è di vivere giornate vuote, senza un vero senso e che non sentiamo nostre - durante le quali si recita un ruolo o si finge di essere ciò che non si è - anche il metabolismo può risentirne: i grassi bruciano poco e male e finiscono per accumularsi dando origine al sovrappeso. Molti individui in questa situazione mettono su un chilo dopo l'altro: infatti, durante i momenti di crisi personale o di vuoto affettivo si tende a mangiare in eccesso e con voluttà, proprio nel tentativo di colmare le carenze; il gusto degli alimenti diventa così un piacere sostitutivo, al quale è molto difficile rinunciare.

Sofia ci racconta la storia di una donna che nel cibo cerca la soddisfazione che le manca nella vita. Una donna che vive forti sensi di colpa a causa di scelte fatte in passato, ma di cui si sente ancora vittima. Mangiare nel suo caso rappresenta il piacere e la soddisfazione che non riesce a darsi in altro modo, rappresenta l'illusione di trovare un momento di pace, di calore, di appagamento. In generale, quello del sovrappeso è un malessere tipico del nostro tempo: troppo spesso le persone sentono di condurre una vita insoddisfacente nella quale il talento personale, la creatività e la gratificazione non trovano spazio. In una quotidianità per-

cepita come esageratamente funzionale, stressata e compressa, le energie migliori rimangono intrappolate nel corpo, la vitalità non fluisce come dovrebbe e ristagna in una stasi psicofisica.

La predisposizione genetica ad accumulare peso in eccesso può costituire un aspetto importante in molti casi, tuttavia la maggior parte delle volte la causa principale del sovrappeso è relativa al proprio modo di nutrirsi e di vivere le emozioni.

È necessario cercare di fare il possibile affinché il cibo, che ha una funzione di compensazione, possa essere sostituito con il divertimento, il piacere, l'espressione di sé.

In generale, sarebbe utile riuscire a sviluppare una maggior "leggerezza" nell'approccio alle cose: non parlare sempre degli stessi argomenti, non restare ancorati a ricordi e nostalgie del passato, evitare di continuare a lamentarsi e rimuginare sui propri disagi.

È necessario interrogarsi sull'eventuale componente difensiva del proprio sovrappeso, imparando a non mascherare la malinconia mangiando, ma incontrando la propria tristezza, per prenderne atto e affrontarla, togliendo così al cibo la sua funzione di "tappabuchi".

Non sopportare a pelle

Clara F. è una bambina che un giorno arriva nel mio ambulatorio, con la mamma. Soffre da qualche mese di prurito alle braccia accompagnato da eritema e da una leggera desquamazione. La terapia iniziale, costituita da creme antiinfiammatorie, non ha funzionato. Sospetto una dermatite atopica e la invio dal dermatologo.

Lo specialista fa diagnosi di neurodermite e prescrive una pomata a base di tacrolimus allo 0,03%. Ma dopo qualche settimana di tregua la dermatite ritorna. La neurodermite atopica nei bimbi di solito si manifesta con prurito, eritema, desquamazione e croste, generalmente sulle guance. Negli adulti l'eczema si manifesta prevalentemente nelle pieghe delle giunture, sul viso, sul collo, nella nuca e sul torace. La pelle appare secca e arrossata per la diminuita funzionalità delle ghiandole sebacee. Nel sangue si nota un'alta concentrazione di anticorpi IgE ed eosinofilia. Oramai è noto come la malattia sia notevolmente influenzata da fattori psichici, quali lo stress cronico e i fattori ambientali, e peggiora in inverno e in primavera.

Leggo in letteratura scientifica che una delle terapie di elezione è la psicoterapia della coppia madre-infante e così propongo alla famiglia della bimba di visitare Chiara, per un colloquio psicologico preliminare. La mamma acconsente di buon grado. Dopo qualche tempo, Chiara mi confessa che a seguito di qualche colloquio ha creduto più prudente consultare uno psichiatra, soprattutto per la mamma. Abbiamo quindi proposto alla signora di andare a fare un consulto da

Claudio, uno psichiatra psicoterapeuta di fiducia, molto simpatico e disponibile. La madre non acconsente di buon grado, non è molto convinta. Dopo qualche mese di incontri più o meno regolari la bambina torna alla mia attenzione per una banale faringite con febbre. Colgo l'occasione per domandare novità e scopro con piacere che le braccia di Clara non sono più arrossate.

La madre si confida a me volentieri, spiegandomi che con lo psichiatra si sono trovati molto bene e dopo un breve periodo di terapia farmacologica hanno assieme chiarito alcuni nodi fondamentali, grazie alla psicoterapia. La madre ha capito di soffrire di alcune fobie, specialmente rivolte allo sporco e alla paura irrazionale e ingiustificata della scabbia e dei bambini extracomunitari i quali a scuola, secondo lei, contagerebbero la figlia con le loro malattie. Per questo lavava di continuo la piccola Clara, dappertutto, e sfregava in special modo le mani e le braccia con saponi anche molto aggressivi. La mamma di Clara ha smesso così di preoccuparsi eccessivamente per la salute e la pulizia della figlia e ci sorride sopra, adesso.

Sorride anche la piccola Clara, che non ha più fastidi. Un leggero antibiotico basterà per il suo mal di gola e la febbre, che durano da più di tre giorni.

La fobia dello sporco

La fobia è una paura abnorme, irrazionale e incontrollabile di oggetti o situazioni che in se stessi costituirebbero un pericolo modesto o nullo. La persona fobica è consapevole dell'irrazionalità della sua angoscia, ma non riesce a dominarla. L'oggetto o la situazione verso cui si ha fobia produce notevole ansia. I meccanismi che regolano questi timori sono inconsci e i simboli che racchiudono non vengono compresi da chi ne fa esperienza. Per questo in genere le fobie non guariscono da sole, anzi, solitamente, se non affrontate in modo adeguato, tendono ad andare alla deriva, allontanandosi sempre di più dal loro senso e nucleo originario. In particolare, la rupofobia è la paura dello sporco o di poter essere contaminati da qualcosa che viene considerato sudicio e pericoloso per la salute.

La mamma di Clara soffre di questa particolare forma fobica essendo terrorizzata dall'idea che la sua piccola possa contrarre malattie causate dalla presenza di altri bambini, che percepisce come pericolosi. Per questo sviluppa un comportamento irrazionale che è la vera causa dei problemi fisici della bimba.

Le persone più a rischio di sviluppare fobie e disturbi d'ansia sono quelle che mostrano di avere paure profonde risalenti a vissuti traumatici infantili mai elaborati, o con tratti ansiosi sullo sfondo di una depressione di entità medio lieve di solito non curata. A volte gli individui con grandi risorse o talenti sconosciuti e sottovalutati vengono inibiti dalla propria fobia proprio per proteggersi dalla responsabilità di possederle. Occorre fare il possibile per guarire da tali disturbi, perché la paura non diventi uno stile di vita stabile né l'unico modo di affrontare la realtà.

Per questo, nei casi in cui la fobia arrivi a condizionare in modo significativo il modo di vivere e le proprie giornate, è sempre necessario rivolgersi ad un professionista (psicologo o psicoterapeuta) per ricevere un aiuto.

Un peso sulla coscienza

Mario S. ha quarantaquattro anni. Si è presentato in ambulatorio perché gli girava la testa, sembrava stanco. La pressione era alta - centottanta la massima e cento la minima - ma il cuore batteva con ritmo regolare. Qualche goccia sublinguale di nifedipina, qualche goccia di diazepam per os, un lasix intramuscolo e Mario fu presto pronto per parlare in maggiore tranquillità.

Non era un buon periodo per lui, mi disse: litigava al lavoro, discuteva con la moglie, gli pesava organizzare tutto, soprattutto perché la maggior parte delle cose che faceva non erano per sé, ma per gli altri. Mario è alto un metro e ottanta; pesava novantotto chili.

Come medico di famiglia gli prescrissi subito delle analisi del sangue e avrei dovuto anche impostare una terapia antipertensiva e mandarlo a casa, ma ebbi un'idea e sondai se il paziente avesse per caso voglia di accoglierla o meno.

A Mario faceva piacere discutere, per mia gioia, e io mi permisi di esporgli il mio pensiero. Per iniziare, gli consigliai un periodo immediato di ferie, per almeno due settimane. Avevo il recapito di un nutrizionista che usava un metodo basato su succhi di frutta, verdura fresca e dieta ipocalorica; consigliai a Mario di provare quel programma alimentare; ero curioso di sapere come si sarebbe trovato.

Inoltre, gli diedi le coordinate di Chiara, nel caso avesse avuto bisogno della nostra "specialista dell'anima" per comprendere meglio se stesso, per scaricare le tensioni emotive e per avere qualche consiglio. Rimanemmo d'accordo che se dopo un paio di mesi di attenzione verso se stesso, con l'aiuto della psicologa e del nutrizionista, non fosse calato di peso e non fosse riuscito ad abbassare la pressione arteriosa, avremmo senza dubbio iniziato una terapia farmacologica anti-ipertensiva efficace e a lungo termine. Pensai fosse giusto chiedere a Mario di venire comunque e regolarmente a misurare la pressione, per evitare inutili rischi di crisi ipertensive e per rafforzare l'eventuale graduale miglioramento. Il primo mese Mario perse otto chili circa, sembrava meno affaticato, più lucido.

La pressione arteriosa restava alta e degna di attenzione, ma non ai livelli registrati al nostro primo incontro. Alla fine del secondo mese Mario mostrava già da due settimane una pressione massima attorno ai centoquaranta e la minima a novanta. Pesava ottantasei chili, faceva sport, evitava i conflitti al lavoro, aveva imparato con la psicologa a vedere chi del suo ambiente lavorativo e familiare fosse nocivo alla propria emotività. Le analisi del sangue erano migliorate.

Mario sembrava più consapevole, meno appesantito da rapporti affettivi e sociali non gratificanti, più attento a se stesso e ai propri desideri e bisogni. Io invece, nel frattempo, ho preso cinque chili.

L'emotività che spaventa

L'ipertensione è un aumento anomalo della pressione con cui il cuore pompa il sangue nell'aorta e di conseguenza in tutto l'organismo. Curarla è fondamentale per prevenire malattie cardiovascolari anche molto gravi.

La parola chiave per comprendere la dimensione simbolica dell'ipertensione è "controllo" (o "iper-controllo") dell'emotività. Gli ipertesi infatti hanno in comune una caratteristica evidente:

uno spiccato bisogno di gestire le proprie emozioni, secondo differenti modalità. Possono negarle: sono soliti dire di star bene anche quando in realtà stanno male, oppure attribuiscono ad altri la propria ansia non riconosciuta; possono filtrarle con la razionalità: invece di dire "ti voglio bene" utilizzano frasi del tipo "ti stimo molto", "ti apprezzo"; possono banalizzare le emozioni: definiscono "paturnia" un problema psicologico o cercano di confortare chi ne soffre con un "ma sì, cosa vuoi che sia!".

Tutto questo è generalmente accompagnato dalla tendenza a dare poco valore all'introspezione e alle emozioni. Questo atteggiamento di controllo è radicato nella persona fin dalla prima infanzia, periodo durante il quale ci sono state perdite o separazioni precoci, atmosfere di prolungata precarietà affettiva, condizioni psicosociali difficili o eventi traumatici che hanno fatto sentire il bambino in pericolo.

A volte chi soffre di ipertensione può essere stato obbligato a crescere troppo in fretta: le circostanze o le persone possono aver preteso nei suoi confronti una maturità maggiore rispetto a quella comune per la sua età. A prescindere dalla specificità delle singole storie, la persona ha probabilmente dovuto imparare ad avere il maggiore controllo possibile sulla propria emotività. Questo atteggiamento ha predisposto all'ipertensione: lo stato di allerta ha portato nel tempo ad una contrazione cronica delle arteriole periferiche, creando una maggiore resistenza al fluire del sangue verso i tessuti e imponendo al cuore di aumentare la pressione sanguigna. Il grande fantasma dell'iperteso è quindi la paura, un timore profondo e antico del vuoto; in questo spazio, fatto di silenzi e pause, possono emergere emozioni che risulterebbe difficile controllare.

La paura, dunque, appare l'elemento centrale di questo disturbo che si traduce nel timore di lasciarsi andare, di commuoversi, di contattare la propria interiorità.

Un cambiamento nella gestione della prorpia emotività può permettere di "guadagnare" parecchi millimetri di mercurio nei valori della pressione.

I punti centrali di questa inversione di rotta potrebbero essere imparare a lasciarsi andare un po' di più alle emozioni e all'espressione dei propri sentimenti, delegare più spesso agli altri una parte delle responsabilità e degli oneri quotidiani, e infine concedersi momenti di passività e di relax fini a se stessi, che siano soddisfacenti e sufficientemente lunghi, senza accontentarsi di brevi ritagli compressi all'interno di un attivismo esasperato.

L'iperteso è spesso una persona sanguigna e passionale che ha soltanto bisogno di comprendere che è "possibile" lasciarsi andare e che non succede nulla di catastrofico se si molla per un attimo la presa sulla realtà lasciando percepire agli altri la propria sfera emotiva.

L'impegno sta quindi nel rendersi consapevolmente disponibili a situazioni di questo tipo; una volta che questa rigidità si sarà sbloccata, ci si sentirà più liberi.

La moglie di Luigi

Luigi P. è un uomo di sessantaquattro anni che aveva cambiato medico di base. Scelse me per caso, nella lista dei medici di famiglia, perché deluso dal precedente medico assegnato dalla ASL territoriale.

Luigi soffriva da circa cinque anni di un tumore del pancreas in stato avanzato, metastatizzato in vari organi. Lamentava dolori alla schiena, che non lo lasciavano dormire, e alcune evidenti e fastidiose tumefazioni sotto la mandibola, a causa dei linfonodi ingrossati; i parametri ematici erano preoccupanti, rispondenti al suo stato terminale.

Appariva stanco, ingrigito, fiaccato dalla malattia, ma negli occhi portava ancora una luce di intelligenza e di fermezza che dovevano essere state le qualità principali della sua vita, che a sua detta era trascorsa in modo pieno e soddisfacente: infanzia felice, matrimonio d'amore, un lavoro dirigenziale nella ditta che aveva fondato e visto prosperare, due figlie che adorava, due nipotini. La moglie era morta sette anni prima.

Lo seguo volentieri, ho cura che segua le indicazioni dell'oncologo e le terapie, mi occupo del suo dolore e dei fastidi, lo ascolto, incontro i familiari: faccio quello che posso, in qualità di medico di famiglia, non certo di immunologo. Luigi è in pensione da tempo, accetta di incontrare Carlo, un esperto in riflessologia che si occupa anche di terapia cranio sacrale, per cercare di alleviare il dolore e rilassarsi un po' senza abusare degli antidolorifici, che peraltro facevano sempre meno effetto, forse per assuefazione. Luigi appare incuriosito inoltre dalla mia proposta di incontrare la psicologa una volta a settimana e gli do il numero di Chiara.

Alla domanda sul perché una psicologa rispondo che, se lui lo desidera, Chiara potrebbe aiutarlo a comprendere meglio questo suo momento, a sopportarlo, a preparare lui e i suoi familiari al lutto imminente; inoltre, avrebbe aiutato anche noi tutti che gli stiamo attorno a capire meglio come affrontare tutto ciò e a rasserenarci almeno un poco di fronte a quel grande passaggio che è la morte.

Lui sorrise e disse che ci avrebbe provato. La terapia cranio sacrale sortì l'effetto sperato, lo distrasse, lo rilassò molto e con Carlo si creò un rapporto di amicizia sincera e leggera. Apparve assai incuriosito dagli incontri con la psicologa, fra i due c'era una bella intesa e rispetto reciproco. Volle continuare.

Da quel poco che so, e solo in modo superficiale e generico, hanno parlato quasi sempre della moglie, che era la sua ragione di esistere, che era tutta la sua vita. Non avrebbe voluto null'altro dopo di lei. Abbiamo avuto il privilegio e il piacere di stare accanto a Luigi e di conoscerlo, solo per otto mesi. Lo ricordiamo con affetto e ne abbiamo fatto un esempio per noi stessi e per i pazienti che, come lui, ci insegnano come affrontare la morte.

Una forza estranea

Il tumore è un tentativo misterioso, inconscio e drammatico attraverso cui il corpo cerca di avviare una profonda trasformazione. Il processo che dà il via a questa grave malattia origina da una cellula che si modifica e non si riconosce più nel programma seguito dall'organismo fino a quel momento.

Questa unità biologica rappresenta una parte infinitesimale di noi che cerca un altro modo di essere, proprio perché rifiuta quello esistente; inverte così il percorso prestabilito e comincia a proliferare in modo autonomo dando origine a un tessuto che ha perso le sue funzioni originarie, che non si integra più con il resto del corpo, anzi lo invade, e cerca di annientarlo. Il sistema immunitario, deputato a fermare ciò che è estraneo e pericoloso, non attacca efficacemente le cellule tumorali, nonostante la loro invasività e aggressività.

Forse non le riconosce, o non le percepisce come completamente nemiche; quelle cellule stanno esprimendo qualcosa di fortemente vitale, anche se in modo autonomo e per questo profondamente nocivo per l'organismo ospite. Il tumore si potrebbe immaginare come una sorta di embrione, - per la sua spiccata vitalità, il parassitismo e la forza accrescitiva, - che si riforma all'interno dell'organismo.

La cellula tumorale rappresenta quindi qualcosa che tenta di sganciarsi dalla vita preordinata geneticamente, nel tentativo di riproporre un nuovo modo di esistere. Tutto ciò esprime a livello simbolico profondo un tentativo di allontanamento dalla propria natura e l'esigenza di una rinascita, di un nuovo stile di vita. Il problema di questo processo di autorigenerazione è che si esprime a danno dell'organismo ospite. Il tentativo di questo "embrione" si trasforma in un danno molto grave. Il tumore è energia non convogliata in una direzione creativa, costruttiva, sinergica con il resto dell'organismo, che diviene così deleteria, distruttiva. L'energia vitale autonoma e dissociata dal contesto intraprende la via dell'annientamento.

Il tumore è forse un estremo tentativo di auto-rigenerazione sperimentale, tentato dalla stessa natura. Spesso, nelle persone malate di cancro vi è un rifiuto degli istinti, della parte più bassa e autentica di sé. Questa parte vitale preme per potersi esprimere e riemerge attraverso la malattia nell'intento di sbloccare l'energia repressa. Purtroppo, anche le persone apparentemente vitali e sod-

disfatte si ammalano di cancro. In questo caso sarebbe opportuno approfondire la vita del paziente per comprendere se vi siano dei malesseri esistenziali invisibili e profondi capaci di rompere l'equilibrio psico-biologico personale.

Nel caso di Luigi, la morte della moglie può avere giocato un ruolo importante. Potrebbe aver perso lo stimolo ad andare avanti. La sofferenza per aver perso la compagna amata, la solitudine e il vuoto avvertito, possono aver avuto parte nello sviluppo di questa malattia.

Femmina e madre

Sandra G. ha ventidue anni. Venne in ambulatorio tempo fa, per dolori al ventre e amenorrea. Le analisi del sangue di routine svelarono un leggero sbilanciamento ormonale specie nella sfera tiroidea (TSH, T3, T4) e nel comparto riproduttivo (FSH e LH). La visita specialistica ginecologica con ecografia escluse noduli, cisti o patologie ovariche importanti. Amenorrea, dunque, ma non necessariamente trattabile con i farmaci, poiché la causa era sconosciuta.

Conosco la madre di Sandra, anche lei è mia paziente; sul piano umano, istintivamente l'ho sempre trovata violenta nei modi, sprezzante anche con me e svalutante nei confronti della figlia, sia che si trovassero assieme sia che semplicemente parlasse di lei: la chiamava "quella là". In base ai recenti studi che descrivono lo stress e l'aumento del cortisolo ematico endogeno come cause di diminuzione della ovulazione, credo sia utile iniziare per Sandra un discorso psicoterapeutico e lo propongo alla ragazza.

Sandra per fortuna accetta e ne sono felice perché credevo non succedesse di frequente che i ragazzi si interessassero alla propria anima, anzi, pensavo, quasi mai. Invece il suo atteggiamento mi fa ben sperare sulla propensione della nuova gioventù a spogliarsi delle vesti di cariatidi ancorate alle proprie certezze, a dubitare un poco e a curarsi della propria anima. Dopo due mesi di psicoterapia emergono alcuni aspetti interessanti. Chiara mi spiega un poco, pur non entrando nei dettagli personali: crede che ciò di cui soffre Sandra sia una forma di amnesia funzionale, così la chiama, e formula diverse ipotesi che potrebbero avere un comune denominatore: Sandra è una donna in evoluzione, che sente di non essere ciò che vorrebbe e soffre per questo.

Ci vuole ancora un po' di tempo per comprendere completamente le ragioni interiori, reali, del suo stato, mi dice, ma utilizzando la propria esperienza, la psicologa tenta un percorso seguendo un filo che intuisce: in Sandra potrebbe esserci una sorta di dicotomia competitiva tra il Sé e l'Io. Il senso del dovere imposto dal Super-Io (a causa della madre, forse) corrispondente alla omologazione sociale che la vuole donna femmina e madre le dona una fittizia immagine angelicata, di creatrice di bene e vita, nonché di contenitore sociale familiare. Il cappello super-egoico di Sandra però potrebbe non corrispondere ai suoi bisogni e ai suoi desideri profondi: la sua vera e naturale emotività è celata, compressa e negata. Il mondo circostante di Sandra sembra essere in disaccordo con il Sé della donna, o perlomeno viene da ella così percepito, ecco allora scatenarsi una battaglia interiore e ormonale sulla base di conflitti del tipo "dovrei ma non voglio", oppure "vorrei ma non me la sento".

A questo punto la situazione conflittuale è risolta dalla psicosomatica facendo interrompere il ciclo mestruale con motivazioni in apparenza non dipendenti dalla volontà della giovane donna. Le motivazioni di Sandra ai colloqui con la psicologa sono prevalentemente legate a un vissuto attuale difficile (è stata licenziata qualche mese prima) e a una immagine materna di riferimento non buona, che è continua fonte di dispiacere e malessere. Forse, l'amenorrea psicosomatica sta intervenendo in aiuto di questa ragazza che fatica a diventare donna, che vorrebbe fermare tutto, che non si sente pronta e vive un ambiente ostile. L'interruzione a monte del meccanismo mestruale, a causa di un meccanismo apparentemente fisio-patologico, la deresponsabilizza e libera. Attenderò che Sandra sciolga completamente i propri dubbi interiori con la psicologa e si tranquillizzi nella vita: sperando di fare cosa giusta, per il momento non credo sia utile altra terapia, se non la comprensione dei motivi profondi del proprio stato, come punto di partenza per una vita futura felice e, se lo vorrà, procreativa.

In conflitto con la parte femminile

L'amenorrea è un'interruzione del normale ciclo mestruale, non dovuta a gravidanza o menopausa, che può avere una durata variabile da pochi mesi a diversi anni.

La causa originaria di questa disfunzione può essere individuata in un sopraggiunto squilibrio ormonale, in un trauma emotivo, nella presenza di uno stress continuato nel tempo o in conflitti interiori. Dal punto di vista psicosomatico, l'amenorrea rappresenta una sospensione della femminilità, del modo di sentirsi donna. Questo fenomeno è una delle evidenze di come un modo di pensare, un forte disagio, uno stato d'animo negativo possano trasformarsi in sintomo corporeo. La sospensione delle mestruazioni indica chiaramente l'esistenza di un conflitto interiore o combattuto contro chi sta vicino alla donna amenorroica oppure, per estensione, contro la società.

Nel caso di Sandra risulta evidente l'esistenza di un rapporto conflittuale con la propria madre. Uno scontro che probabilmente riguarda l'espressione della propria femminilità.

Per qualche ragione, per Sandra viversi come donna è difficile, problematico, le crea un disagio che rimane inconscio e non affrontato. Il suo corpo ha scelto per lei un compromesso, nel tentativo di ristabilire un equilibrio, anche se precario: sospende le mestruazioni, la manifestazione fisica e simbolica più tipica del femminile.

La sospensione delle mestruazioni si attua producendo una minor quantità di ormoni specifici dell'ovulazione, dell'arricchimento della parete mucosa dell'utero e della susseguente emorragia mestruale. Il salto del ciclo mestruale rappresenta una rimozione profonda ed essenziale delle componenti organiche e mentali femminili. In generale le ragazze che soffrono di disturbi alimentari sono più soggette all'amenorrea, così come le donne che spendono la maggior parte della propria energia nello studio o nella carriera lavorativa rinunciando alla propria dimensione femminile, sentimentale, erotica o riproduttiva.

L'interruzione del ciclo può riguardare le donne che scelgono uno stile di vita improntato ad una esasperata spiritualità, che si percepiscono fragili e insicure, che hanno subito un trauma psichico o un forte spavento; oppure può coinvolgere ragazze cresciute in un ambiente familiare che non ha mai veramente accettato il loro sviluppo sessuale o incoraggiato la loro evoluzione femminile, proprio come sembra emergere dal caso di Sandra.

La ragione non sente

Marcella G. aveva la tiroidite di Hashimoto. Era sempre stanca, apatica, spenta. Le analisi del sangue, l'ecografia, l'ago aspirato, la risonanza magnetica e le visite specialistiche confermarono il malfunzionamento della tiroide, sotto attacco da parte degli auto-anticorpi specifici per le cellule di quest'organo.

Infatti, la tiroidite di Hashimoto, - o tiroidite cronica autoimmune, - è tra le più comuni e frequenti patologie tiroidee, a patogenesi autoimmune, caratterizzata da una cronica infiltrazione linfocitaria, frequentemente evolvente verso l'ipotiroidismo. Cortisone e ormoni costituiscono la terapia di elezione di questa patologia. Marcella è una giovane donna molto dolce, comprensiva, intelligente e curiosa. Affetta da tiroidite di Hashimoto, dunque, e da sei anni in cura con i farmaci. Riesco a incontrare anche il marito, di sfuggita, per due volte: un uomo apparentemente distaccato, freddo, sprezzante; propongo un percorso di appoggio con Claudio, lo psichiatra psicoterapeuta con il quale collaboro egregiamente oramai da anni.

Claudio ha successivamente incontrato la coppia, diverse volte, riuscendo a fare un quadro che mi ha poi esposto: a suo giudizio, il marito di Marcella è fondamentalmente anaffettivo, al limite dell'autismo, del patologico. Mi spiega che gli anaffettivi non avendo ricevuto affetto non possono trasmetterlo adeguatamente e quindi proiettano inconsapevolmente anaffettività, nel loro linguaggio quotidiano e di relazione. Si potrebbe considerare una forma di autismo, mi dice. Marcella è legata affettivamente ad un anaffettivo, dunque, e chiedendo un diritto all'aspettativa affettiva, ma non ricevendo nulla, strutturerebbe nei propri atteggiamenti e nello stile relazionale con lui una polarità di odio-amore e distacco-dipendenza.

Odio, per la frustrazione della falsa aspettativa e dell'affetto non ricevuto. Amore, per il desiderio di poterlo ricevere. Distacco, per non perpetuare la delusione dell'aspettativa mancata. Dipendenza, per poter rinnovare la speranza di ricevere affetto e riconoscimento.

Non essendo la mancanza di affetto visibile a occhio nudo, colui che non riceve affetto dall'anaffettivo, - nella convinzione di essere immeritevole e quindi in stato di colpa, - è costretto a instaurare un legame di dipendenza costruita, appunto, sull'odio e sulla conseguente rabbia. Ma tale rabbia è spesso misconosciuta e alimenta circolarmente altra elargizione distorta di affetto.

Lo psichiatra tentò quindi di capire se quella potesse essere una strada percorribile, una traccia utile allo scioglimento di quell'intrico affettivo, in modo da rendere più consapevole il legame relazionale di Marcella con il proprio marito. Marcella era probabilmente invischiata in una rete affettiva e relazionale che la portava a subire dal marito involontariamente un ruolo padronale.

Il marito di Marcella era inconsapevole del proprio handicap, ma inconsciamente al corrente dei propri limiti e dunque costretto a sottomettere la moglie con dinamiche di dominazione, per difesa. Per questo meccanismo però, il marito di Marcella è stato probabilmente un induttore sano e inconsapevole di malessere cronico.

Lo psicologo lo ha trovato fobico, dispeptico, cirrotico, castrante, ma calmo e controllato. La strategia di rafforzamento con Marcella consisteva, durante le loro discussioni, nel ritirarsi sulle proprie convinzioni, rimuovendo la verità e sostituendola con una propria visione egoistica e narcisistica. Ribaltava a proprio favore qualunque complessità relazionale, fosse essa legata all'oggettività, al sentimento o alle emozioni.

Ma ciò voleva dire forse negare sistematicamente Marcella, sebbene in perfetta buona fede. Dove quel "forse" era ogni volta formulato dalla stessa Marcella, e questa incertezza la induceva a giustificarlo nuovamente rimanendo invischiata nella relazione. A detta di Claudio, il marito di Marcella era il classico aggressivo passivo, insomma. Ma intanto la moglie si ammalava.

Oggi Marcella vede meglio la propria situazione, è più consapevole. Non ha lasciato il marito, a cui è molto legata, ma sta molto meglio, capisce più cose, soffre meno e ha drasticamente ridotto i farmaci. La sua tiroidite di Hashimoto è molto migliorata rispetto al passato e non ha quasi più bisogno dell'endocrinologo e tanto meno dell'immunologo, per fortuna.

Quando la vita non ci corrisponde

La tiroidite di Hashimoto o tiroidite cronica autoimmune, è tra le più comuni e frequenti patologie tiroidee. I sintomi sono facilmente riconoscibili e comprendono facile affaticamento, rallentamento motorio, aumento di peso, caduta dei capelli, bradicardia, secchezza della pelle, stipsi.

A livello simbolico la tiroidite rappresenta una depressione del corpo, che si esprime attraverso un rallentamento generale delle funzioni vitali dell'organismo.

Questa disfunzione può verificarsi in risposta ad una ribellione interna: la persona prova un senso di rivolta nei confronti dello stile di vita che sta conducendo e non accetta più la propria realtà. Spesso la tiroidite può presentarsi in seguito a eventi che hanno fatto smarrire il senso del vivere quotidiano o sono in forte contrasto con ciò che davvero si desidera.

Marcella vive una situazione di disagio a livello affettivo. È legata ad un uomo anaffettivo da cui sente di non ricevere ciò che le spetterebbe di diritto, ovvero amore, attenzione, sollecitudine. Per questo pronuncia un silenzioso ma deciso "no" a una situazione che non riesce assolutamente ad accettare, opponendosi attraverso il proprio corpo, nel modo più passivo possibile, con un organismo che rallenta sempre più fino a cadere in uno stato simile alla depressione.

I sintomi infatti ci parlano di un organismo che passivamente cede, rallenta il proprio andamento, la propria funzionalità e si sgancia dall'azione. Marcella appare disinteressata a tutto ciò che accade intorno a lei divenendo statica, apatica. La sua energia vitale ristagna. Una situazione di questo tipo può causare aumento di peso, rallentamento del pensiero, eloquio assente.

Chi soffre di questa patologia è come se pian piano affondasse dentro il proprio corpo: immagine questa che richiama l'aumento di peso che spesso colpisce chi è affetto da questo disturbo. La tiroidite simboleggia una depressione vissuta a livello fisico, un freno all'azione che può significare esaurimento, rinuncia, opposizione. Una resa a livello organico e un'involuzione. Questa malattia autoimmune, così come le altre, testimonia il boicottaggio diretto contro il proprio organismo.

Le persone più a rischio di sviluppare questa patologia sono in particolare quelle che vivono una situazione esistenziale o lavorativa critica e a loro giudizio impossibile da mutare (un'atmosfera familiare che non consente loro di evolvere o vivere appieno, come nel caso di Marcella). Sono esposte a tale rischio anche le persone che seguono uno stile di vita in cui non si riconoscono più, ma al quale non riescono ad opporsi. Tale patologia si manifesta frequentemente nelle donne fra i 35-40 anni e i 60, con una depressione ben mascherata ma presente da molti anni. Donne che non riescono a svincolarsi da un'immagine di sé che non corrisponde a quella autentica, interiore, naturale.

Per cercare di superare questa patologia è necessario seguire le terapie mediche ma allo stesso tempo è di fondamentale importanza cercare di operare quei cambiamenti di cui la mente e il corpo avvertono l'esigenza, nel tentativo di riconvogliare le proprie energie in modo creativo e costruttivo, evitando di proseguire con la stessa vita di sempre.

Primavera

Andi M. è un medico generalista di trent'anni: soffre di allergie ai pollini, praticamente da sempre. Starnuti, rossori, lacrimazioni, crisi di asma: da quando è bambino vive la primavera con un sentimento di fastidio.

Mi chiese un giorno cosa potesse fare per superare le crisi e il periodo, senza soffrire. Procedetti con ordine: analisi del sangue, esami di laboratorio e prove allergiche ai pollini e agli alimenti. Risultò allergico alle Graminaceae, alle Betulaceae e alle Compositae; quindi avrebbe dovuto prestare attenzione alle carote, mele, nocciole, pere, finocchi, noci, ananas, ciliege, albicocche, banane, susine, prugne e fragole; era lievemente sensibile al melone, a pomodori, angurie, arance, kiwi e avena, frumento, orzo, segale e mais.

Mi disse che non capiva il perché in alcuni anni la primavera passava meglio e in altri stava peggio. Gli risposi che non potevo saperlo, ma che avremmo potuto cercare di capire. Sembrava recettivo alle nuove scoperte della psico neuro endocrino immunologia e al ruolo che lo stress e la secrezione di cortisolo da parte delle ghiandole surrenali possono avere sull'abbassamento e lo squilibrio delle risposte immuni.

Gli prescrissi antistaminici in gocce a base di cetirizina, per le crisi blande; e iniezioni di clorfenamina maleato e betametasone, per le crisi più forti. Ma Andi si dimostrò ancora più curioso, mi chiese cosa avrei fatto io al suo posto.

Gli dissi che avrei fatto caso se gli anni migliori, a primavera, coincidessero o meno con uno stato d'animo particolare: se fossi stato più sereno e felice rispetto ad altre annate.

Gli consigliai di trascorrere la primavera rilassandosi un po' con la meditazione, lavorando meno, donandosi piacere con un po' di massaggi o sedute di terapia craniosacrale con Carlo, un amico che stimo.

Gli chiesi cioè di non delegare passivamente al farmaco la sopportazione dei disagi della primavera, ma di accompagnare questo bellissimo periodo dell'anno agevolando, per quanto possibile, il desiderio di rinascere, di innamorarsi e di fuggire via, che tale stagione porta con sé da sempre. Attualmente, Andi si sta interessando molto all'alimentazione macrobiotica, lo aiuta e lo diverte, e mi consiglia ricette disintossicanti e dimagranti. Quest'anno ha abbandonato alcuni progetti lavorativi collaterali, che per foga giovanile aveva accettato senza pensare, ma che invece riconosceva essere troppo onerosi per lui. Si è appassionato alla terapia craniosacrale e al ballo latino-americano. Questa primavera la sta passando in salute: niente crisi asmatiche, un po' di lacrimazione nei giorni molto secchi, ma nulla di più, per ora. Speriamo che quest'anno la bella stagione duri il più a lungo possibile, e con essa lo stato di grazia di Andi.

Il figlio

Lo stress psicologico è oramai scientificamente associato con molte malattie autoimmuni. Esiste una correlazione documentata fra stress familiare nei bambini e aumento di anticorpi e cellule linfocitarie T dirette contro le cellule della parete intestinale che legano la gliadina, un componente del glutine, e dunque con insorgenza di celiachia.

Esistono attualmente test diagnostici più o meno invasivi e assai precisi, per essere certi di una diagnosi di celiachia. La celiachia è un'intolleranza alla gliadina. La gliadina è la componente alcol-solubile del glutine, un insieme di proteine contenute nel frumento, nell'orzo, nella segale, nel farro, nel kamut. L'avena sembra essere tollerata in piccole quantità dalla maggior parte dei soggetti affetti. Pertanto, tutti gli alimenti derivati dai suddetti cereali o contenenti glutine dovrebbero essere considerati tossici per i pazienti celiaci.

La celiachia è caratterizzata da un certo grado di familiarità. L'intolleranza al glutine causa gravi lesioni alla mucosa dell'intestino tenue, che non assorbe più efficacemente gli alimenti causando deperimento. Le lesioni regrediscono eliminando tutte le possibili contaminazioni con il glutine.

L'unica terapia efficacie consiste dunque nell'adozione di una dieta rigorosamente priva di questa proteina. Pietro R. è un bambino di otto anni assai vivace, un vulcano. Soffre di celiachia dall'età di due anni. La diagnosi fu facile, allora; la terapia inizialmente a base di cortisone si stabilizzò rapidamente a una semplice attenzione alimentare con eliminazione dei derivati della farina, che portò a un'attenuazione importante dei sintomi e a una ripresa normale della assimilazione degli alimenti e quindi dell'aumento fino alla normalizzazione dell'altezza e della massa corporea.

Io non potevo fare nulla di più. Negli anni successivi fu meno facile avvicinare Federica, la madre, a un percorso di psicoterapia per acquisire una qualche consapevolezza della dinamica scatenante la patologia del figlio e del meccanismo inconscio di mantenimento cronico di quello stato patologico.

Chiara prese in carico madre e figlio, due anni fa, e ha cercato con discrezione di accompagnare entrambi al distacco del cordone ombelicale aumentando il grado di coscienza dei due. Pietro smise di fare terapia assai presto, avendo esorcizzato e verbalizzato la causa traumatica corrispondente all'inizio della malattia: un periodo di liti furibonde fra il padre e la madre. Ciò nonostante la malattia non sembrava cessare e le abitudini alimentari particolari restavano le stesse.

La mamma di Pietro non era pronta a lasciar andare il figlio a una vita normale. Aveva forse bisogno che il figlio dipendesse ancora da lei, fosse reso in qualche sorta necessitante di continue cure ed attenzioni.

Consigliai di ipotizzare di smettere di trattare il figlio come celiaco, per prova, almeno una volta, per un piccolo periodo. Ma lei non ci riusciva.

Da quel poco che ho potuto capire, discutendo con la psicologa, per fortuna Federica riuscì a far emergere un proprio trauma congelato, dovuto alla figura paterna assente e anaffettiva, e la presenza di un conflitto cronico della stessa donna con il marito.

Nel conflitto attuale con il coniuge, la donna riproponeva nel quotidiano l'antica sindrome d'abbandono dovuta al padre, ogni volta rivissuta interiormente. Grazie all'aiuto di

Chiara, Federica arrivò perfino a divenire consapevole del proprio bisogno di un figlio vicariante, ammalato, che non la abbandonasse mai, che avesse sempre bisogno di lei.

Oggi la donna fa immersioni subacquee e ha una intensa vita di relazione, assai soddisfacente per sé. Il piccolo Pietro viene ancora trattato come celiaco e alimentato con cibi speciali, ma siamo tutti in attesa del giorno in cui la mamma farà finalmente il tuffo più profondo abbandonando l'idea che il figlio sia malato per sempre. Lei non è ancora pronta, ma sa che forse quel giorno potrebbe arrivare.

Un'eccessiva sensibilità

Le allergie sono un'esagerata risposta immunitaria dell'organismo che viene in contatto con sostanze dell'ambiente esterno (antigeni) che normalmente sono innocue - polline, polveri, peli di animali, alimenti, composti chimici, metalli, farmaci - ma che alla persona ipersensibile possono creare reazioni fisiche fastidiose o addirittura eccessive.

L'organismo degli allergici, o di chi ha problemi di ipersensibilità a questi antigeni, riconosce tali elementi come un pericolo per la propria integrità e cerca di combatterli producendo un aumento della risposta cellulare di difesa e un incremento anomalo di anticorpi, dando vita a reazioni di tipo cutaneo (orticaria), respiratorio, (asma e rinite), oculare (congiuntivite) e intestinale (dissenteria). La risposta allergica agli antigeni è quasi sempre benigna e transitoria, ma in rari casi può assumere forme anche molto gravi.

L'allergia, a livello simbolico, rappresenta la volontà di non far penetrare al nostro interno elementi della realtà vissuti come minacciosi o pericolosi, con l'obiettivo di proteggere l'identità. Una reazione allergica può nascondere un certo qual timore cronico e compresso nel tempo nei confronti di particolari ambiti relazionali (familiari, lavorativi o sentimentali) e nasconde spesso una vulnerabilità, una ipersensibilità più o meno cosciente a un qualche agente esterno o a una situazione, esteriore o interiore.

La persona allergica si sente vulnerabile e spesso si pone nei confronti delle situazioni che soffre in modo difensivo o addirittura evitante. Le sostanze che possono scatenare allergia non sono affatto casuali e hanno spesso una relazione diretta con quello che avviene interiormente nella persona.

I pollini primaverili, ad esempio, sono i portatori dell'energia sessuale e riproduttiva della natura, quindi rappresentano la piena vitalità e l'eros.

Essere allergici a tali sostanze può rivelare delle difficoltà a vivere l'eros con pienezza e spontaneità: la primavera viene temuta perché chiama alla vita anche chi sente di non poterlo fare, o in fondo nutre una forte paura dei sentimenti.

L'intolleranza agli alimenti in genere esprime invece il timore del mondo esterno, specialmente nei confronti della sfera affettiva.

In particolar modo la celiachia, ovvero l'intolleranza al glutine di cui soffre il piccolo Pietro, può essere interpretata come l'espressione della difficoltà che il bimbo ha a relazionarsi con la figura materna, avvertita come invadente e non rispettosa della sua individualità e autonomia.

Quando la componente genetica non appare rilevante, i nuclei originari di queste problematiche possono risalire al periodo dell'adolescenza, alla prima infanzia (come nel caso del piccolo Pietro) se non addirittura alla vita neonatale o embrionale.

Le cause di questa esagerata reattività non sono riconducibili a specifici traumi quanto piuttosto ai vissuti sperimentati in ambienti o atmosfere familiari sofferte, rimosse poi dalla coscienza e radicate nel corpo.

Il principio di base è sempre lo stress e le anomale secrezioni or-

monali (cortisolo) che inducono uno sbilanciamento della risposta immune contro lo stesso organismo ospite.

Una madre asfissiante potrebbe essere inconsapevolmente responsabile dello sviluppo di un evento stressante cronico e quindi di una ipersensibilità al glutine.

In generale, le persone che interagiscono col mondo esterno con diffidenza e in stato d'allerta, che lasciano entrare l'altro nella propria sfera affettiva solo entro un certo limite, sembrano essere più predisposte alle allergie e quindi alle problematiche che sono annesse a questi disturbi.

Una donna viva

La signora Anna G. è una donna in pensione da cinque anni che giunge alla mia attenzione per dolore diffuso a tutto il corpo da anni, che le provoca depressione. A livello farmacologico ha già tentato di tutto e sta perdendo la speranza. La sua storia clinica denota diagnosi pregresse di fibromialgia e sindrome di Tietz, complicate da allergopatia cronica e sindrome ansioso-depressiva.

Ha male dappertutto, è triste. Si trova in uno stato fortemente invalidante, che le preclude una normale vita serena e attiva: la sensibilità neuronale e la recettività nocicettiva responsabile di numerosi distretti anatomici del proprio corpo, come evidenziabile all'esame obiettivo e descritto in letteratura medica, potrebbero essere oramai cronicamente e stabilmente regolati su di un livello algico basale più elevato della norma. I suoi recettori neuronali del dolore inviano impulsi anche senza motivo.

Assume da anni una terapia a base di desametasone in compresse con posologia iniziale giornaliera di 0,5 mg estesa in certi periodi fino a 20 mg. Nell'intervista iniziale, per definire l'anamnesi remota, si pone in evidenza lo svolgimento pregresso e venticinquennale di un lavoro faticoso, oneroso sul piano fisico e stressante psicologicamente, svolto in ambiente insalubre anche per dodici e più ore consecutive.

Ma ad una seconda più approfondita anamnesi, emerge un conflitto fortissimo con un marito oppressivo. Dal mio punto di vista di immunologo il quadro si presenta di per sé abbastanza chiaro e definito: un evento patognomonico pregresso di tipo psichico e fisico al contempo, ha probabilmente innescato e scatenato uno squilibrio ipotalamo ipofisario, con secrezioni abnormi e per lungo periodo di ormoni dell'attacco/difesa quali CRH, ACTH e cortisolo, ormoni noti per la loro capacità immuno-depressiva dei globuli bianchi e in grado di attivare citochine del sistema immune e cellule T autoimmuni, dirette cioè contro alcuni componenti tissutali del proprio corpo. Il risultato clinico per Anna è stato una infiammazione cronica dei tessuti molli.

Eppure, per me non erano ancora chiare le cause, le ragioni profonde del suo malessere, le implicazioni animiche. Per fortuna, Anna accetta di andare dallo psichiatra e le scrivo su un foglio le coordinate di Claudio, per approfondire l'aspetto psichico del problema. In parallelo, le propongo un ciclo di terapie con Carlo, un amico riflessologo, operatore di terapia cranio-sacrale.

Lo psichiatra la aiuta inizialmente con qualche farmaco antidepressivo e, pian piano, fa riemergere antichi conflitti ancora presenti in lei e attivi nella sua vita di relazione, la aiuta insomma a convivere con il proprio malessere e a guardare le cose in modo più consapevole; la riflessologia e la terapia cranio-sacrale la rilassano abbassando la soglia del dolore del proprio organismo. Ad un anno di distanza circa dall'inizio della psicoterapia, Anna sta meglio.

Oggi ha smesso di prendere i corticosteroidi. Le analisi del sangue mostrano un quadro infiammatorio ridotto. Soprattutto, Anna cerca di vedere il proprio marito in un'altra ottica, come un vecchio compagno di viaggio e non più un padre giudicante e persecutore. Da qualche tempo ha preso a uscire più frequentemente con le amiche: si vestono bene, mettono le scarpe buone e vanno a ballare. Non so come sia rimasta d'accordo con lo psicoterapeuta e se continui le sedute di riflessologia e di terapia cranio-sacrale, so di sicuro che quando la incontro per la strada sembra più sorridente. Per ora non è più tornata a farsi visitare nel mio ambulatorio, se non per ricettazioni di routine. Ne sono felice.

Sacrificarsi per gli altri

La fibromialgia è una sindrome che si manifesta specialmente nelle donne adulte con sintomi quali dolori muscolari e articolari, rigidità nei movimenti e facile affaticamento. La medicina opta per l'origine autoimmune di questa malattia che peggiora a causa di ansia, stress, freddo e umidità. La fibromialgia è una ragnatela invisibile che ingabbia chi ne soffre in un reticolo di dolore e imprigiona i muscoli trasformando ogni azione in una fonte di fatica e sofferenza.

Secondo la visione psicosomatica, questa prigione opprimente è costituita da diversi elementi miscelati in modo caotico: sensi di colpa, insicurezza, indecisione costante, ridondanza mentale su vecchi problemi, nostalgie, rimpianti, rimorsi. Chi soffre di fibromialgia spesso ha un atteggiamento quasi sacrificale, tende ad immolarsi per gli altri, a trascurare la propria vitalità, a favore di un comportamento altruistico talora carico di sentimentalismo.

Vivere in questo modo è faticoso e frustrante, da qui nasce il lamento continuo tipico di queste persone le quali, pur trovandosi in una situazione di malessere, difficilmente saranno disposte ad ascoltare i consigli di chi le vuole aiutare a invertire la rotta. Questa ostinazione causa una sofferenza interiore e una difficoltà psicologica che pian piano si trasforma in sintomo fisico.

La fibromialgia è dunque una depressione psichica che diventa a lungo andare un irrigidimento muscolare. I movimenti carichi di attrito e resistenze sono estremamente dolorosi. Le persone più a rischio di sviluppare questa patologia sono donne come Anna: madri e mogli sacrificate alla casa, al lavoro e ai familiari, che si spingono oltre i propri limiti psicofisici pur di assolvere al meglio al proprio ruolo.

In particolare, questa paziente è rimasta per anni vicino a un uomo che sentiva come opprimente, giudicante e persecutorio, ma la sua volontà di prendersi cura del coniuge l'ha spinta a tralasciare le proprie emozioni e a farsi carico della situazione, dividendosi tra famiglia e lavoro, senza mai risparmiarsi o concedere tempo a se stessa.

Grazie alla terapia, Anna ha compreso quanto sia importante cercare un contatto diverso con se stessa e con il coniuge, condividendo interessi comuni e momenti di svago. Le attività condivise con le amiche hanno permesso alla donna di cambiare prospettiva e riuscire a vedere se stessa e la propria vita in un'ottica più leggera e piacevole.

Il morbo di Giuseppe

Giuseppe N. è uno stimato dirigente di un gruppo previdenziale noto; aveva 35 anni quando si presentò in ambulatorio per lamentare dolore addominale con periodi ricorrenti di acutizzazione e di remissione, accompagnato da diarrea e febbricola. La diarrea era talvolta sanguinolenta. In certi giorni aveva più di 20 scariche intestinali e si svegliava di notte per correre in bagno.

Giuseppe è un uomo ancora giovane, laureato in scienze politiche, specializzato in economia aziendale; è rimasto un idealista. Mi confessò un giorno che avrebbe voluto fare il concorso per entrare in carriera diplomatica, appena laureato: voleva viaggiare; ma poi il matrimonio, i figli, la casa, i genitori da accudire; ha accettato di fare l'amministratore delegato per l'organizzazione che lo ha assunto grazie alla buona parola di un parente: un lavoro di contabilità e finanza, sicuro e ben remunerato, con il quale vive più che dignitosamente e sfama la famiglia, anche se il tutto è un po' lontano dai suoi ideali di partenza. La formulazione di una diagnosi di malattia di Crohn a volte può risultare impegnativa e una serie di test sono spesso necessari per aiutare il medico.

Fondamentale è il parere del gastroenterologo dopo una serie completa di esami di laboratorio e una colonscopia, efficace nel 70% dei casi per diagnosticare la malattia. Il verdetto del gastroenterologo fu purtroppo che Giuseppe era affetto dal morbo di Crohn. Anche se l'eziologia esatta di questa malattia è ancora sconosciuta, si pensa con sempre maggior convinzione che sia una malattia autoimmune a sfondo predisponente genetico e ambientale, che si manifesta con periodi di recrudescenza e di remissione, con molte analogie eziopatogenetiche con la psoriasi. Molti scienziati la considerano una malattia autoimmune causata da una risposta abnorme alle citochine da parte dei linfociti che vengono così indotti all'autofagia e menomati nella loro capacità di difendere l'organismo dai batteri invasivi. Il risultato è una abnorme risposta infiammatoria cronica, che in alcuni casi potrebbe esitare in patologie degenerative anche molto gravi per la parete intestinale colpita. Per Giuseppe fu proposto un trattamento farmacologico a base di antibiotici e corticosteroidi e l'utilizzo di immunosoppressori, per i periodi particolarmente difficili.

Essendo le citochine proinfiammatorie del sistema immune le principali cause fisiologiche della malattia della parete intestinale si è pensato per Giuseppe anche all'utilizzo di una nuova generazione di farmaci bloccanti il TNF alfa quali il certolizumab, un anticorpo anti-TNF alfa. Ad un certo momento Giuseppe venne addirittura operato per l'asportazione di sacche infiammatorie intestinali che gli provocavano emorragie. La mia premura era quella di aiutarlo a vivere la malattia non come un evento ineluttabile e irrimediabilmente cronico e destinato a peggiorare. Volevo cercare di influenzare positivamente l'andamento della sua patologia, ridurre gli indici di attività infiammatoria e il bisogno di farmaci o, peggio, l'ulteriore ricorso alla chirurgia.

Si sa che modificando lo stile di vita si possono ridurre i sintomi di questa malattia. Ad esempio, adeguare la dieta, assumere una corretta idratazione e smettere di fumare sono cambiamenti fortemente consigliati agli ammalati di morbo di Crohn. Mangiare piccoli pasti frequenti può aiutare chi lamenta una riduzione di appetito. Una regolare attività fisica è altresì raccomandata.

Alcuni pazienti devono seguire una dieta povera di fibre per controllare i sintomi e dovrebbero evitare il latte o prodotti caseari, che ricerche del 2007 hanno dimostrato contribuire o addirittura causare la malattia di Crohn. Nel caso di Giuseppe, il suo desiderio di cercare le cause profonde del proprio malessere lo ha indotto a chiedere l'aiuto di uno psichiatra psicoterapeuta di sua conoscenza. Assieme, hanno ripercorso le tappe fondamentali della sua esistenza.

Giuseppe è al terzo anno di terapia psicoanalitica. Non so esattamente cosa sia emerso, anche se sarei curioso di saperlo. So che nel frattempo ha cambiato lavoro, stile di vita e il modo di vedere la propria esistenza e i propri bisogni profondi. Lavora meno e meglio, è più indulgente con se stesso, ha rivisto a fondo i propri rapporti famigliari e quel suo senso del dovere così tirannico.

Sul piano medico io ho fatto poco o nulla per lui, per fortuna. Non ha più avuto bisogno del chirurgo e le crisi infiammatorie sono attualmente molto ridotte in frequenza e intensità.

La gabbia che imprigiona

Il morbo di Crohn è una malattia infiammatoria dell'intestino caratterizzata dalla presenza di lesioni sulla mucosa del colon e del retto. Le cause non sono certe, si pensa ad una ereditarietà o a una reazione autoimmune.

Tra i sintomi vi sono crisi di febbre alta, dolori, crampi all'addome inferiore, urgenza di evacuare, feci con sangue e muco visibili. Il sanguinamento può essere una complicanza importante e, se prolungata, può diventare motivo di anemia. Dal punto di vista psicosomatico questa forma di irritazione può rappresentare il tentativo di operare una pulizia interiore che però non è mai sufficiente ad eliminare le nostre parti più istintive e sporche, aggressive e istintuali, simboleggiate proprio dall'intestino. Spesso, chi ne soffre, è cresciuto in un ambiente in cui le norme educative ed etiche sono state fondamentali - ferrei concetti, regole e principi morali invalicabili - sviluppando un tirannico senso del dovere e di responsabilità che portano a reprimere l'impeto naturale presente in ognuno di noi. L'imposizione familiare o educativa di regole ferree e il rigido rispetto delle leggi instaurano nell'individuo un clima interiore che porta alla strutturazione di una personalità rigida e intransigente.

In questa gabbia, l'energia vitale e la carica aggressiva sono inesprimibili. La personalità e l'identità si evolvono mantenendo di fondo delle forti fragilità, causando lo strutturarsi di un'autostima altalenante dovuta al profondo senso di inadeguatezza e una tendenza più o meno visibile a manifestazioni depressive. La vitalità soffocata si accumula nel sistema immunitario finendo per attaccare l'intestino, zona del corpo che simbolicamente rappresenta la nostra parte più buia e impresentabile, in netto contrasto con la pulizia interiore assoluta e irraggiungibile a cui il soggetto ambisce.

Attraverso questa patologia la persona tenta inconsciamente di eliminare fisicamente la zona dell'ombra, la parte impetuosa e incontrollabile, responsabile della presenza di scorie fisiche e morali, mettendo in atto una purificazione simbolica della parte profonda e più temuta: il vero Sé.

Le persone più a rischio sono quelle che a causa di un'atmosfera familiare estremamente rigida non riescono a sviluppare una solida individualità. Per questo di solito sentono il bisogno di aggrapparsi a figure chiave o posizioni sociali riconosciute, in grado di sostenerle nei momenti di insicurezza psicologica.

Maria vuole gridare

Maria L. giunge alla mia attenzione dopo aver consultato vari specialisti, per uno sfogo cutaneo sul volto a forma di farfalla, dolori articolari, psoriasi ai gomiti e alle ginocchia. Temo per un lupus eritematoso sistemico e le faccio fare tutte le analisi del caso. Risultano elevati i valori dell'infiammazione e gli anticorpi antinucleo.

Anche la psoriasi è malattia autoimmune, dovuta alla alterata regolazione del comparto dell'immunità cellulo-mediata e della risposta epidermica agli stimoli cronici alle citochine infiammatorie, che costituiscono la causa della genesi e del mantenimento di questo disturbo.

Tra i fattori scatenanti è stato individuato lo stress psicologico e gli elevati livelli di cortisolo endogeno che derivano da tale stress. Prima di impostare una terapia farmacologica a lungo termine, per Maria chiedo altri tre pareri: quello di un internista clinico specializzato in patologie autoimmuni quali il lupus, quello di un dermatologo e, vista la concomitanza di almeno due possibili malattie a sfondo autoimmune, chiedo anche l'intervento di Mario, uno psicologo psicoterapeuta assai simpatico e davvero molto bravo, specializzato in ipnoterapia. Il dermatologo e l'internista concordano per una terapia cortisonica e immunosoppressiva con ciclofosfamide, che rappresenta l'immunosoppressore di elezione, molto efficace in questi casi. Maria ha solo trentaquattro anni e con lo psicologo concordiamo sul fatto che rischierebbe un trattamento farmacologico a vita, qualora non si comprendessero le cause principali, interiori e profonde del suo malessere. La affido dunque allo psicoterapeuta, al quale Maria si abbandona volentieri per un ciclo di incontri.

Vengo successivamente a sapere che si accordano per due incontri settimanali di ipnoterapia.

Discutendo dopo alcuni mesi del caso con il mio collega e amico, ascolto volentieri e con discrezione professionale le sue ipotesi scaturite dalla indagine svolta attorno al modo di interpretare la vita e i sentimenti profondi da parte di Maria. Lo psicologo mi spiega che la sua ipotesi di lavoro si è basata sul fatto che la psoriasi di Maria era analiticamente associabile all'affondamento di una super petroliera in mare aperto, ove il danno della struttura interiore aveva prodotto una perdita di petrolio, che era venuto a galla in modo confuso e disordinato, inquinando l'ambiente circostante: la petroliera rappresenta il trauma iniziale, la fuoriuscita del petrolio l'effetto e l'inquinamento ambientale la sintomatologia dermatologica.

Il dolore e il disagio di Maria, cristallizzati dopo il trauma in uno stile di vita di adattamento, avevano creato una dispersione di inquinanti per negazione delle cause.

Così, l'abisso inconscio gridava alla superficie del mare: la pelle. L'utilizzo dell'ipnosi per Maria - anzi, dell'autoipnosi, visto che lo psicoterapeuta asserisce che l'ipnosi non esiste se non per delega del paziente - ha intanto ridotto il dolore, l'arrossamento ai gomiti, il prurito e gli aspetti psicosomatici legati a questo tipo di malattia.

Infatti, recenti studi suggeriscono che l'ipnosi intervenga nella regolazione del flusso sanguigno e di altre funzioni del sistema nervoso autonomo che normalmente non sono sotto il nostro controllo conscio. Inoltre, per Maria sembra esserci un'importante implicazione del rilassamento indotto dall'ipnosi nel produrre positive modificazioni nel funzionamento e nell'omeostasi del sistema neuro-endocrino, visti i miglioramenti clinici. Maria oggi ha sospeso gli immunosoppresori; continua con i farmaci corticosteroidei, pur avendoli ridotti.

Soprattutto, prosegue le sedute di psicoterapia e ipnosi, nella speranza di scandagliare completamente il motivo profondo del proprio trauma, e scoprire dove è affondata la sua petroliera di dentro.

Una corazza per nascondersi

La psoriasi è una malattia cutanea cronica caratterizzata da fasi di miglioramento seguite da periodi di riacutizzazione, che peggiora in condizioni di stress.

Si tratta di una malattia autoimmune nella quale un'anomala risposta dei linfociti T verso le cellule della pelle provoca i sintomi cutanei. Si manifesta con placche secche ben delimitate, di forma e dimensioni variabili, ricoperte di squame epidermiche. Secondo la visione psicosomatica, la psoriasi rappresenta una corazza dietro alla quale si nasconde l'individuo che ha difficoltà a fare entrare e uscire - attraverso la comunicazione verbale - il proprio universo emotivo. Simbolicamente, attraverso questo sintomo si esprime la pulsione a lasciar fluire le emozioni, le quali tentano di farsi largo attraverso la prima difesa che la persona interpone tra sé e il mondo: la pelle.

Le persone affette da psoriasi hanno in comune alcuni tratti caratteriali: per quanto possano sembrare socievoli, nelle relazioni non mettono mai in gioco il proprio nucleo profondo; persino il partner spesso sente che oltre un certo punto non gli è permesso entrare, poiché l'altro non è disposto a mettersi in gioco completamente nel rapporto a due.

È spesso presente una reale fatica a esprimere e affrontare le emozioni in modo diretto e lineare se non attraverso una me-

diazione verbale che ne riduca l'intensità e l'immediatezza. Nel caso di Maria è stato necessario l'aiuto di uno psicoterapeuta per riuscire a fare emergere il mondo emotivo sommerso e per gestirlo in modo positivo e costruttivo.

Il problema centrale è quindi la vulnerabilità soggettiva legata ad un problema di identità. Per questo in alcuni casi tale sintomo può essere letto come il tentativo di "cambiare pelle", mutando in modo profondo, proprio come farebbe un serpente.

Maria soffre probabilmente anche di lupus eritematoso, che è una malattia autoimmune che può manifestarsi in forma sistemica, poiché gli auto-anticorpi colpiscono l'intero organismo provocando febbre, debolezza, malessere, dimagrimento, ma anche dolori articolari, muscolari e possibili complicazioni renali. Il lupus da un punto di vista psicosomatico può rappresentare una reazione selvaggia e aggressiva dell'organismo a quelle che dal paziente vengono percepite come ingiustizie della vita. La persona che soffre di lupus per indole personale o a causa dei traumi vissuti è molto sensibile ai temi del rispetto, della giustizia e dei valori e fonda su questi il suo modo di stare al mondo e di relazionarsi con gli altri.

Per rispettare un ferreo codice morale l'individuo è disposto a vivere importanti rinunce personali.

Questo atteggiamento espone alla malattia. Solitamente alla base del lupus c'è un evento scatenante, qualcosa che colpisce duramente la sfera dei valori intimi di un individuo - come un tradimento amoroso, un'umiliazione o un'ingiustizia - di fronte al quale la persona non riesce a dare rispondenza immediata per paura di avere una reazione spropositata e feroce.

Talvolta, un nucleo conflittuale profondo e rimosso, relativo a situazioni che in passato hanno prodotto una rabbia rimasta congelata, può crescere silenziosamente nel tempo e sfociare in questo tipo di patologia autoimmune. La patologia eritematosa lascia dunque emergere in superficie la parte emotiva rimasta in ombra, non riconosciuta e non integrata nella coscienza e il sistema immunitario si fa portatore di questa reazione aggressiva sotto forma di auto anticorpi. Simbolicamente, il lupus rappresenta l'incapacità a far coesistere dentro sé la parte aggressiva con quella mansueta. Il tentativo inconscio fallimentare di mettere in relazione queste due parti di sé in conflitto può sfociare in una perdita di equilibrio e uno sbilanciamento verso la manifestazione epidermica, cutanea e organica della rabbia repressa.

Le persone più a rischio sono quelle che non sopportano le ingiustizie ma non riescono a manifestarlo, e si sentono colpite sul vivo ogni volta che qualcuno manca loro di rispetto. Sono maggiormente esposti quegli individui che pur sapendo di essere vulnerabili, si affidano candidamente ad altri di cui non sospettano i lati oscuri e controversi.

Proprio perché in se stessi la parte aggressiva è allontanata, allo stesso modo non ritengono che l'altro possa fare del male. Per questo spesso si espongono troppo, senza difesa e senza sospetti.

La PNEI

Nei memorabili versi del poeta indiano Tagore c'è scritto che il pesce è muto nel mare, la bestia scalpita sulla terra, l'uccello canta nell'aria, ma l'uomo ha dentro di sé il silenzio del mare, lo strepito della terra e la musica dell'aria. Quello che abbiamo attorno accade in noi. La psico-neuro-endocrino-immunologia (PNEI) è una disciplina scientifica, nata da poco più di un decennio, che considera l'uomo un'entità organica globale e studia la relazione esistente fra le emozioni generate dalla vita quotidiana e le conseguenze positive o negative che esse hanno sull'organismo umano. Gli stimoli provenienti dal mondo esterno, le persone che si incontrano o si frequentano, la vita di relazione professionale e il tipo di esistenza che si conduce provocano effetti concreti sull'organismo e conseguenze fisiologiche o patologiche. Tale branca della medicina studia in modo scientifico le interazioni anatomo-fisiologiche fra i vari distretti - sistema nervoso centrale, sistema endocrino, sistema immunitario - considerati fino a ieri dalla medicina tradizionale come entità separate e indipendenti.

Oggi è dimostrato che il mondo esterno, percepito attraverso i sensi, viene interpretato dal cervello e tradotto in impulsi nervosi e ormoni, responsabili delle reazioni fisiologiche periferiche. Gli organi di senso inviano impulsi e segnali elettrochimici al talamo, apparato del sistema nervoso centrale situato al centro del cervello.

Il talamo ha rapporti anatomici con l'ipotalamo e quindi

agisce tramite esso sulla ghiandola ipofisaria, situata alla base del cervello e deputata alla secrezione di ormoni aventi per bersaglio tutte le ghiandole endocrine dell'organismo.

Diverse équipes di scienziati hanno dimostrato su modelli animali che l'ambiente circostante all'individuo ha conseguenze dirette sulla secrezione degli ormoni da parte dell'ipotalamo e dunque anche sullo stato fisiologico degli organismi viventi studiati.

Da anni ormai si osservano scientificamente gli ambienti umani e le esperienze onerose sul piano psicologico (relazioni conflittuali fra colleghi di lavoro o un lutto) o che gravano sul piano fisico (rumori continuati, ambienti maleodoranti), o nelle condizioni estreme della guerra (studi condotti sui militari e i reduci) e della prigionia (ricerche eseguite nelle carceri americane) e si è dimostrato che gli stimoli endocrini cronici sono la causa prima dell'aumento della incidenza di patologie varie, anche molto gravi, come il cancro.

Ciò avviene soprattutto perché l'ambiente e il comportamento determinano l'aumento del livello di cortisolo nel sangue e questo ormone abbassa le difese immunitarie. Esempi sotto gli occhi di tutti sono l'insorgenza di lesioni erpetiche labiali nei soggetti sottoposti a fatica o stress emotivi prolungati, e le disfunzioni mestruali (amenorrea) ricorrenti nelle donne stressate. Di recente scoperta è l'aumentata incidenza dei tumori nei soggetti depressi.

Numerose evidenze scientifiche hanno infatti dimostrano che il sistema neuro-endocrino (talamo-ipotalamo-ipofisi) agisce direttamente sui recettori delle cellule del sistema immune (linfociti B, T e cellule NK) causando la modulazione delle difese contro gli agenti patogeni, i virus e le cellule tumorali. Infatti, per quanto oggi finalmente criticabili e discutibili sul piano morale, i lavori scientifici operati in passato sulle cavie sottoposte ad agenti stressanti (immersioni forzate), o sistemate in gabbie sovraffollate, hanno dimostrato la relazione fra stress e diminuzione delle difese ai tumori.

L'aumento della mortalità degli animali è in stretta relazione agli elevati livelli di ormoni dell'attacco-difesa, quali il cortisolo (ACTH) e l'adrenalina, noti depressori delle cellule del sistema immune in situazione di secrezione non fisiologica. Tali ormoni sono normali difensori dell'organismo producendo reazioni benefiche in situazioni specifiche e a breve termine: per esempio nello sport, o in risposta a stimoli prodotti dalla normale vita di relazione.

La loro nocività è dovuta a una stimolazione cronica da parte di agenti psicologici stressanti, su un lungo periodo. Oggi è chiaro che qualsiasi azione positiva sulla psiche umana genera un riequilibrio dell'intero sistema mente-corpo e previene le malattie.

La nostra salute fisica, psichica e il nostro benessere globale, dipendono in gran parte dell'equilibrio e dalla libera circolazione dell'energia nel corpo, dalla scelta di ciò che desideriamo come nutrimento fisico e psico-emotivo. Il nostro stile di vita e la percezione che si ha della propria esistenza giocano un ruolo fondamentale sul nostro benessere.

Diventa via via più chiaro che individuare ed eliminare gli agenti psicologici stressanti con la psicoterapia o sottoporre mente e corpo a tecniche di rilassamento sono efficaci strategie per diminuire i livelli di cortisolo ematico e con esso le coseguenze negative che tale ormone secreto in eccesso potrebbe avere nell'organismo.

Le lunghe passeggiate o una giusta attività sportiva aumentano i livelli di endorfine ed eliminano i pensieri negativi. La scelta di ambienti di vita che siano per noi gradevoli e il coltivare relazioni umane con persone positive ci aiutano a generare sensazioni buone, emozioni atte a riequilibrare la secrezione di ormoni dall'ipofisi. Una dieta sana ci aiuta a riposare meglio e il rigenerarsi fa bene al corpo e alla mente.

Un film, un viaggio, una buona lettura, qualunque cosa ci aiuti a ragionare di più intorno a una vita più bella e soddisfacente per noi, anche con piccole azioni quotidiane e costanti, ci può salvare dalla malattia.

Postfazione
di Maria Rita Di Bari

Mi infilo a passo piumato in questo labirinto di simboli così ben strutturati, in qualità di osservatrice. Quello che viene fuori da questi racconti clinici è lo straordinario potere della mente, in qualunque modo (svincolato dalle categorie del giudizio) essa decida di esserci di supporto.

Meraviglioso è il metodo scientifico personale, proprio di ognuno di questi pazienti, di riversare sul corpo ciò che è insostenibile per la mente razionale. Meravigliosa risorsa la psiche, il profondo che obbliga il fisico ad ammalarsi, lasciando traccia di sé, dando segnale di presenza ineludibile in ognuna delle sue manifestazioni.

Una poetessa portoghese del nostro secolo, scomparsa da pochi anni, ha detto nella sua lingua musicale che "Aquele que vé o fenomeno, quer ver todo o fenomeno". Sophia de Mello Breyner Andresen pensava così, che fosse impossibile per l'umanità raffinata circoscrivere il fenomeno alla sua parziale ed apparente rappresentazione, ma un bene doveroso applicarvi la regola dell'universalità.

"Colui che vuole vedere il fenomeno, vuole il fenomeno nella sua interezza", dunque. Ma chi ne è in grado? Vedere tutto il fenomeno significa - nei riguardi delle storie appena scorse - non rassegnarsi alla diagnosi e alla cura di qualcosa di concreto, come la malattia, ma in un regime di legittimazione del fenomeno in sé, servirsi di strumenti molteplici per la ricerca delle sue cause e fondamenta, da indagare al di là del fenomeno visibile, o di una sua parte. Scommettere dunque sul non visibile. Il mistero di sé. Scrutare il volto di qualcosa che non giudica attraverso la semeiotica o una diagnostica per immagini, ma si prefigge l'utilizzo di percorsi emotivi e di un metodo alchemico per farli emergere: il metodo psicoanalitico, ad esempio.

La malattia, intesa come fenomeno e apparizione del sintomo concreto, rappresenta senza dubbio un'occasione di apertura da parte di colui che ne è investito, un'opportunità, un linguaggio, per interpretare i segni e i desideri di una nuova coscienza personale. L'occhio medico, clinico che guarda alla malattia deve essere impregnato di umanamente vissuto, di esperienza che definisca i metodi di approccio alla specifica storia clinica.

Il medico deve restare vigile nella ricerca del tipo di aiuto da fornire: affinché dalla scienza si approdi al mistero dell'umano - che è scienza di altro tipo. La fortuna dei pazienti trattati secondo una terapia che preveda la modalità animica non è la stessa che usualmente si incontra in contesti meno raffinati e sensibili alla comprensione delle cause complessive. Bisogna tenere conto di tale fattore, certo. Ma non a prescindere. Che l'evoluzione è una possibilità aperta a tutti. Allo stesso modo, si sappia che la psicanalisi non è un diktat cui sottomettersi a ogni costo, ma una scelta personale e profonda.

La modernità ci ha insegnato ad acuire la conoscenza del Sé e la cura per l'oscuro con la stessa dedizione con la quale nutriamo i nostri figli dei migliori alimenti. Dunque, questo tracciato di esperienze dovrebbe sospingerci a viaggiare costantemente in bilico tra la profondità e la superficie, a compiere uno sforzo continuo d'osservazione di ciò che lega soma e psiche, corpo e mente, materia e anima nella scelta di percorsi che si prendano cura non dell'uno o dell'altra separatamente, ma del buon dialogo tra questi due elementi fondamentali, che si parlano dalla notte dei tempi.

Un sintomo è un elemento, dunque, un'opportunità di dialogo con se stessi; un ingrediente culinario che lega in modo strettissimo i sapori di ogni anamnesi personale. Per qualcuno il linguaggio sintomatologico sarà più corporeo, come l'orticaria o il dolore, per altri più immediatamente emotivo, come l'ansia (dipende forse dal grado di coscienza).

Per entrambi gli esempi è necessario capire da quale oscurità origini il malessere. Ignorare la parte emotiva del Sé può essere uno stratagemma immediato e fittizio, per un benessere improbabile e superficiale, ma implodere continuamente nei propri stati d'animo senza mai portarli in superficie per relazionarvisi, può costituire il presupposto certo per una somatizzazione patologica, espressa poi nei modi più disparati e personali.

La malattia è dunque un bene per molti aspetti. Costituisce la messa a punto di contingenze che la mente fatica a comprendere: è un spia d'allarme, un monito da parte di un "altrui" che portiamo dentro e soffre prima di noi della deviazione dai nostri desideri profondi. Io, da paziente, vedo questo libro come un germe di speranza, per me e per chiunque decida di non arrendersi di fronte a un valore ematologico sballato, un arrossamento o un dolore puntuale.

Perché ora so che, quando sto male, dovrei prima liberare la mente dalla sciatteria del pensiero e poi concedermi del tempo per capire.

Bibliografia

- Johann Wolfgang Goethe, *Faust*, Mondadori
- Henri Laborit, *Elogio della fuga*, Mondadori
- Rabindranath Tagore, *Poesie*, Newton
- James Hillman, *Il suicidio e l'anima*, Adelphi
- James Hillman, *Il codice dell'anima*, Adelphi

Il linguaggio segreto degli organi

Finito di stampare nel mese di marzo 2013
per conto delle Edizioni Riza S.p.A.
da Rotolito Lombarda S.p.A.
20063 Cernusco sul Naviglio (MI)